中國寓言的智慧

用120篇寓言領略人生智慧

The Wisdom of Chinese Fables

石良德——編著

附精緻插圖

5000年的思想精華，21世紀的安身密技
人生不渾噩、不挫折、不荒蕪，讓你立於不敗

好讀出版

中國寓言的智慧　編序

儘管現今文類的變化有如氾濫的潮水，在四通八達的網路世界竄生著，但依然有些東西能繼續在歷史中熠熠發亮，不因此被淹沒，那，正是人們許久未曾碰觸的中國經典古籍。這個時代的閱讀行為，人們習於速食化的閱讀，在大量吸收過多浮面資訊的情況下，得到的往往只是片面的知解；以至於當我們急於創新，卻沒有一定的內涵支撐，由此備感無法言說的空虛和心虛。

古典中的寓言，不只是一種文體，亦非艱澀難懂的古文，而是一種處世態度，一種哲理的顯露。它用簡單的語言寄託議論，在議論中表達人生哲理，讓我們在紛雜的時代中建構「心」的閱讀，在探索這些智慧的活泉中走出自己的處世哲學。每則寓言都成功接受時代的考驗與需要，從古至今帶給人們啟示，不讓我們迷失方向，並激勵撫慰著焦慮不安的心靈。

古典之所以為古典，正因它們承擔著生命的方向與重量。正因有了方向與重量，中國典籍的價值意義才能彰顯在時代的浪潮裡，甚至生命本身也因此有了質感。本書精選了一百二十篇中國寓言，並分成五個總類。輔以輕鬆易懂的文學角度切入，引領人們悠遊於經典智慧中，可勵志、可沉思、學習為人處世之道。甚至，還可藉由經典寓言摩娑自己的成長過程，對生命中的痕跡做一番檢視。

故事永遠是最動人的，同樣一則故事有千萬種讀法。碰觸中國經典故事，你會發現古人超有智慧，小故事裡的智慧原來一直在那兒，靜待我們心領神會。

目錄

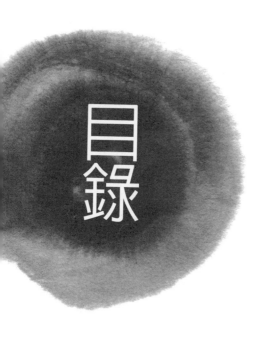

勵志篇

哲思篇

權謀篇

為人處世篇

生活學習篇

勵志篇

痀僂承蜩

先秦《莊子》／莊周

仲尼適楚，出於林中，見痀僂者承蜩，猶掇之也。仲尼曰：「子巧乎！有道邪」曰：「我有道也。五六月，累丸二而不墜，則失者錙銖；累三而不墜，則失者十一；累五而不墜，猶掇之也。吾處身也，若厥株拘；吾執臂也，若槁木之枝。雖天地之大，萬物之多，而唯蜩翼之知。吾不反不側，不以萬物易蜩之翼，何爲而不得？」孔子顧謂弟子曰：「用志不分，乃凝於神，其痀僂丈人之謂乎！」

釋義

孔子在楚國的時候，在路上遇見一個駝背的老人舉著竿子捕蟬，如同從地上撿起東西一樣容易，便向老人詢問祕訣所在，老人說：「剛開始捕蟬，我常常一隻也抓不到；後來練習到五、六個月的時候，蟬跑掉的機會就少了；之後更加專心致志，抓不到的情形就更少了；到後來，就像在地上拾起東西般容易。我的方法是，先站穩身子，全心全意注意蟬的翅膀，不左顧右盼，不因紛雜的外務而影響我對蟬的注意力，眼中只見到蟬而已，那麼怎會抓不到呢？」孔子感嘆地說：「專一用心就能夠定靜，使自己能聚精會神，技術自然高妙，這位駝背老人是可以理解的。」

錦囊小語

做任何事都一樣，唯有聚精會神心無旁貸，才有成功的機會。如這位痀僂老人一樣，精神專一地從事他的工作，哪有什麼事達不到的呀！

紀昌學箭

紀昌者，又學射於飛衛。飛衛曰：「爾先學不瞬，而後可言射矣。」紀昌歸，偃臥其妻之機下，以目承牽挺。二年之後，雖錐末倒而而不瞬也。以告飛衛。飛衛曰：「未也，必學視而後可，視小如大，視微如著，而後告我。」昌以懸虱於牖，南面而望之，旬日之間，浸大也；三年之後，如車輪焉。以睹餘物，皆丘山也。乃以燕角之弧、朔蓬之簳射之，貫虱之心，而懸不絕。以告飛衛。飛衛高蹈拊膺曰：「汝得之矣！」

釋義

紀昌向飛衛學射箭，飛衛並未傳授具體的射箭技巧，只要求他必須學會盯住目標而眼睛不能眨動。紀昌花了兩年，練到即使錐子向眼角刺來也不眨一下眼睛。飛衛又進一步要求紀昌練眼力，要達到能將體積較小的東西清晰地放大才行，就像在近處看到那樣。紀昌苦練三年，終於能將最小的蝨子看成車輪那般大；他張開弓，輕而易舉一箭便將蝨子射穿。飛衛得知後，對這個徒弟極為滿意。

錦囊小語

這個故事說明學習任何事物，一定要紮實建立基礎，所謂「師父領進門，修行在個人」，若能建立起基本功夫，那麼任何事物的學習將容易許多。

一鳴驚人

先秦《韓非子》／韓非

楚莊王蒞政三年，無令發、無政爲也，右司馬御座而與王隱曰：「有鳥止南方之阜，三年不翅，不飛不鳴，嘿然無聲，此爲何名。」王曰：「三年不翅將以長羽翼，不飛不鳴將以觀民則。雖無飛，飛必沖天；雖無鳴，鳴必驚人。子釋之！不穀知之矣。」處半年，乃自聽政，所廢者十，所起者九，誅大臣五，舉處士六，而邦大治。舉兵誅齊，敗之徐州，勝晉於河雍，合諸侯於宋，遂霸天下。

釋義

楚莊王即位三年，不關心朝政得失，並且禁止臣民進諫，只對猜謎語感到興趣，大臣成公賈告訴楚莊王一個謎語：「南方山上有一隻鳥，三年來不動、不飛也不叫，請問這是一隻什麼鳥？」楚莊王回答：「這隻鳥之所以三年如此，是因為他要堅定自己的信念，豐滿自己的羽翼，弄清治理民眾的方法。只要他一飛，勢必衝上九霄，只要叫一聲，就會給人們留下深刻的印象。」第二天，楚莊王立刻公布獎善罰惡的辦法，而贏得百姓讚許。

錦囊小語

老子有云：「大器晚成，大音希聲，大象無形。」就是如此，隨時充實自我，只要有機會便可大展長才，龍飛九天。

先秦《呂氏春秋》／呂不韋

好獵者

齊人有好獵者，曠日持久而不得獸，入則愧其家室，出則愧其知友州里。惟其所以不得之故，則狗惡也。欲得良狗，則家貧無以。於是還疾耕。疾耕則家富，家富則有以求良狗，狗良則數得獸矣，田獵之獲常過人矣。

釋義

齊國有個喜愛打獵的人，他花了許多時間打獵，結果卻一無所獲。回家之後覺得愧對家人，出門又覺得對不起鄰里朋友，他仔細想想為何自己老是獵不到獵物，才明白可能是帶著的獵狗不好，因而想得到一隻好獵狗，可是卻因家中太窮沒法得到。於是他回到自己的田裡努力耕種，想著收成之後便可買一隻好獵犬，如此一來就會比較容易捕獲野獸。

錦囊小語

獵人爲了追求更好的成績，努力工作朝自己的目標前進。而人之所以能完成許多事情，在於懂得堅持自己的理想，並想辦法解決遇到的問題，一步步達成目標心願。

守株待兔

先秦《韓非子》／韓非

宋人有耕田者，田中有株，兔走，觸株折頸而死。因釋其耒而守株，冀復得兔。兔不可復得，而身爲宋國笑。

釋義

有隻倉皇奔跑的兔子，一不小心撞上了田裡的樹，脖子折斷後死去，正在田裡耕作的農夫因而毫不費力地得到一隻兔子，心裡非常高興。他認為既然有第一隻兔子，就必然會有第二、第三隻……撞過來。從此，農夫便不再耕作，整天守在樹旁等著兔子送上門來，可是再也沒有兔子撞上樹幹，於是農夫的行徑在宋國被傳為笑柄。

錦囊小語

農夫的愚蠢，在於他想不勞而獲，而把自己的工作擱在一旁，不認眞耕耘。這在人生旅途上都是不該犯的錯誤；況且，停頓在原地即是退步！

先秦《對楚王問》／宋玉

曲高和寡

客有歌於郢中者，其始曰：下里巴人，國中屬而和者數千人；其爲〈陽阿〉、〈薤露〉，國中屬而和者數百人；其爲〈陽春白雪〉，國中屬而和者不過數十人；引商刻羽，雜以流徵，國中屬而和者不過數人而已。是其曲彌高，其和彌寡。

釋義

楚國有個人善於唱歌。一天，他在市集上唱歌，唱的是〈下里〉、〈巴人〉這類通俗歌曲，郢城中跟隨他一起歌唱的有好幾千人；當他唱起〈陽阿〉、〈薤露〉時，跟隨他唱的也有幾百人；而後當他唱起〈陽春〉、〈白雪〉時，能跟隨他的只剩寥寥無幾；待他唱起那些悠揚宛轉、曲調十分困難的歌曲時，城中已沒有一人能和他一起唱了。

錦囊小語

善歌者的曲高和寡，正說明了人生的境界。人生在世不該庸碌地過一生，而該奮發向上，當學有所成領悟到那份孤寂時，才能眞正知曉何謂人生。

一本萬利

先秦《呂氏春秋》／呂不韋

濮陽人呂不韋賈於邯鄲，見秦質子異人，歸而謂父曰：「耕田之利幾倍？」曰：「十倍。」「珠玉之贏幾倍？」曰：「百倍。」「立國家之主贏幾倍？」曰：「無數。」曰：「今力田疾作，不得煖衣餘食。今建國立君，澤可以遺世，願往事之。」

釋義

呂不韋在趙國都城邯鄲經商，見到從秦國來做人質的孝文王庶子異人。回去之後他對父親說：「種田的利潤有幾倍？」其父說：「有十倍。」「經營珠寶買賣的利潤有幾倍？」其父說：「有百倍。」「當一名國君的利潤有幾倍？」其父說：「無法計算啊！」呂不韋就說：「如今我們每年辛苦耕種，卻依舊得不到衣食溫飽，但若能擁立一個君王建立國家，所得到的利益恩澤便可傳給世世代代的子孫，我決定去做這一本萬利的生意！」

錦囊小語

所謂立志當立天下志，求名當求萬世名。我們追求上進的志向，就該有如此氣魄才對，不要畏畏縮縮地滿足於現狀。好男好女志在四方，努力闖出一番事業來！

先秦《戰國策》

百發百中

楚有養由基者，善射，去柳葉者百步而射之，百發百中。左右皆曰善。有一人過曰：「善射，可教射也矣。」養由基曰：「人皆曰善，子乃曰可教射，子何不代我射之也？」客曰：「我不能教子支左屈右。夫射柳葉者，百發百中，而不以善息，少焉氣力倦，弓撥矢鉤，一發不中，前功盡棄。」

釋義

養由基射箭技術高明，能在百步之外射柳葉，箭箭命中，在旁觀看的民眾無不齊聲喝采。有個路人卻說：「基礎不錯，是可教之材。」養由基聽後勃然大怒，那人不緩不急地說：「你能射中百步之外的柳葉，而且百發百中，卻不知在適當的時候停下來休息一會兒，之後精疲力竭時，便可能持弓不正、箭頭偏斜。只要有一箭沒射中，你剛才的一世英明便毀於一旦，這就是我所要教你的。」

錦囊小語

如果不知道在勞動之餘休息，緊張之後放鬆自己，遲早會有堅持不住的問題出現而一切前功盡棄。一緊一鬆才是生活要旨，將身心狀態維持在中庸之道，才能有好表現。

宋《湛淵靜語》／白延

囫圇吞棗

客有曰：「梨益齒而損脾，棗益脾而損齒。」一呆弟子思久之，曰：「我食梨則嚼而不嚥，不能傷我之脾；我食棗則吞而不嚼，不能傷我之齒。」狎者曰：「你眞是囫圇吞卻一個棗也！」遂絕倒。

釋義

有個人聽人家說吃梨傷脾，吃棗能補脾，但棗核卻會損害牙齒。思索半天，他終於找到一個兩全其美的方法，便高興地對旁人說：「我吃梨只嚼不嚥，吃棗只吞不嚼，既能補脾又不會損害牙齒。」旁人說你的主意真好，真應了古人「囫圇吞棗」這句話。

錦囊小語

「囫圇吞棗」本來是形容人做學問不求甚解。只嚼不嚥，肚子仍是餓的；只吞不嚼，吃下肚的東西也消化不了，因此要避免躁進，腳踏實地做學問才是正途。

求仕不遇

漢《論衡》／王充

昔周人有仕數不遇、年老白首、涕泣於途者。人或謂之：「何爲泣乎？」對曰：「吾仕數不遇，自傷年老失時，是以泣也。」人曰：「仕奈何不一遇也？」對曰：「吾年少之時，學爲文，文德成就，始欲仕宦，人君好用老。用老主亡，後主又用武，吾更爲武，武節始就，武主又亡。少主始立，好用少年，吾年又老。是以未嘗一遇。」

釋義

周朝有個人處心積慮地想做官，但始終沒能成功，年老時想起這樁心事，不禁悲從中來，在路旁哭了起來。路人向他問起原因，他憤憤不平地說：「我年輕的時候學習文事，但那時的君王喜歡老人，認為他們處世穩當，所以我求仕無門。過了不久，這位君王死後，新的君王繼位，但是他喜歡武將，我才剛學成武藝，不料這位君王卻駕崩了。而後新立的君王，認為年輕人富有朝氣，格外信任他們，而我卻已年老了，這一生連個機會都沒碰上。」

錦囊小語

想成就大事業，不能仿效這個人，隨君王喜好而改變自己所學；正所謂君子立恆志，小人恆立志。現代社會講求專業分工，隨意改變志向迎合潮流，只怕會落得白忙一場。

歧路亡羊

先秦《列子》／列禦寇

楊子之鄰人亡羊，既率其黨，又請楊子之豎追之。楊子曰：「嘻！亡一羊，何追之者眾？」鄰人曰：「多歧路。」既反，曰：「獲羊乎？」曰：「亡之矣。」曰：「奚亡之？」曰：「歧路之中又有歧焉，吾不知所之，所以反也。」楊子戚然變容，不言者移時，不笑者竟日。

釋義

有一次，楊子的鄰居丟了一頭羊，家族親戚一起出動，又請楊子派僮僕去追趕。楊子問：「只是丟了一頭羊，用得著這麼多人去找嗎？」鄰居回答：「因為這一帶的岔路太多了呀！」當鄰居返回時，楊子又問：「找到羊了嗎？」鄰居回答：「沒有找到，岔路有很多，不料岔路裡面又有許多岔路，我們不知道牠會跑到哪條岔路，只好停下來不找了。」楊子聽後，有所感慨地悲哀起來，不說話，也不願答話。

錦囊小語

一隻羊走入歧途，而歧路中又有歧路，這樣一來，派再多人去找也沒有用。尋羊姑且如此，人就更不用說了，人生最壞的莫過於誤入歧途，每個決定都無比關鍵啊。

先秦《韓非子》／韓非

爭先恐後

趙襄主學御於王子期，俄而與子期逐，三易馬而三後，襄主曰：「子之教我御，術未盡也。」對曰：「術已盡，用之則過也。凡御之所貴，馬體安於車，人心調於馬，而後可以進速致遠。今君後則欲逮臣，先則恐逮於臣。夫誘道爭遠，非先則後也，而先後心皆在於臣，尚何以調於馬？此君之所以後也。」

釋義

趙襄主向王子期學習駕車的技巧，不久趙襄主和王子期展開競賽，趙襄主三次換馬，三次都輸了，於是責怪王子期沒有把全部的技術教給他。王子期說：「駕車的關鍵在於讓馬的身體與車子協調一致，全部的精力都要用在操縱馬上。而現在，當你落後時，就一心想追過我，領先之後，又怕我從後面趕上你。比賽駕車，戰況總是有先有後，而你無論在前在後，心思都放在我身上，又怎能駕好馬車呢，這就是你落後的原因！」

錦囊小語

人在當下，心裡卻老惦記著其他事情，無法專心致志，往往會導致失敗。倘若趙襄主在落後時不氣餒，領先時不緊張，將心思放在駕車上，也許也不至於連輸三次。

先秦《莊子》／莊周

邯鄲學步

壽陵余子學行於邯鄲，未得國能，又失其故行矣，直匍匐而歸耳。

釋義

燕國有個年輕人十分嚮往趙國的文化傳統，專程前往趙國都城邯鄲，學習趙國人走路的姿勢和步態。學了一陣子，不料，不僅沒學會邯鄲人走路的姿勢，反而還將自己原來走路的方式給忘了。這名年輕人百般無奈之下，只好爬回燕國去。

錦囊小語

燕國人無法學會趙國人走路的方式，是因爲不具備趙國人各方面的素養。由此可知不要隨意模仿不合適的事物，盲目模仿只能貽誤自己。

南轅北轍

魏王欲攻邯鄲。季梁聞之，中道而反，衣焦不申，頭塵不去，往見王曰：「今者臣來，見人於大行，方北面而持其駕，告臣曰：『我欲之楚。』」「君之楚，將奚爲北面？』」「曰：『吾馬良。』」「臣曰：『馬雖良，此非楚之路也。』」「曰：『吾用多。』」「臣曰：『用雖多，此非楚之路也。』」「曰：『吾御者善。』」「臣曰：『此數者愈善，而離楚愈遠耳！』」「今王動欲成霸王，舉欲信於天下，恃王國之大，兵之精銳，而攻邯鄲，以廣地尊名；王之動愈數，而離王愈遠耳，猶至楚而北行也。」

釋義

季梁聽說魏王即將出兵攻打趙國，便急急忙忙前去叩見魏王，說道：「我今天在路上遇見一個人說是要去楚國，卻駕馬車往北走。我告訴他，楚國在南方，他的方向不對，他卻說自己的馬是千里馬，車子也很堅固，馬夫的技術很好，況且盤纏也很足夠，堅持要往北走；態度很固執，卻走不到目的地，反倒離楚國越來越遠。如今大王想建立功業，若仗著國勢強大而攻打邯鄲，以廣大疆域、抬高威望，這麼做恐怕會像我今天見到的那人一般，離大王想建立王霸的願望越來越遠啊！」

錦囊小語

做任何事之前必須審慎地選擇方向，人生旅程上，擁有豐厚的條件固然重要，也務必朝正確的方向前進，才可能有所斬獲。

先秦《晏子春秋》／晏嬰

晏子之御

晏子爲齊相，出，其御之妻從門閒而窺，其夫爲相御，擁大蓋，策駟馬，意氣揚揚，甚自得也。既而歸，其妻請去。夫問其故，妻曰：「晏子長不滿六尺，相齊國，名顯諸侯。今者妾觀其出，志念深矣，常有以自下者。今子長八尺，乃爲人僕御；然子之意，自以爲足，妾是以求去也。」其後，夫自抑損，晏子怪而問之，御以實對，晏子薦以爲大夫。

釋義

丞相晏子的車夫總是昂首挺胸、躊躇滿志。有一天，車夫駕車從家門前經過，被妻子瞧見，回家後妻子堅決要和他離婚，說：「晏子身不滿五尺，貴為丞相卻謙恭自重。你身長八尺，只是一個車夫卻趾高氣揚、得意非凡，我不認為將來你會有什麼出息！」爾後，晏子看到自己的車夫近來舉止改變很多，就詢問他是什麼原因。車夫老老實實地將妻子的教誨說了一遍，晏子聽了之後，便向齊王推薦車夫做齊國的大夫。

錦囊小語

尚書云：「滿招損，謙受益。」每個人都該有這般謙沖的修爲，外在形式不足爲恃，反觀内在涵養卻可顯現出一個人高尚的人格。

造父御車

先秦《韓非子》／韓非

造父方耨時，見有子父乘車過者，馬驚而不行，其子下車牽馬，父下推車，請造父助之推車。造父因收器輟而寄載之，援其子之乘，乃始檢轡持筴，未之用也，而馬咸驚矣。

釋義

有一對父子駕車從造父的田邊經過時，馬兒受了驚，怎麼也不肯往前走，這對累得滿頭大汗的父子於是跑來請造父幫他們駕車。造父答應了他們的請求，拾起田裡的鋤頭放在車上，從做兒子的手中接過轠繩，輕輕地攬起馬轡，還沒等他揮起鞭子，馬兒已經開始跑了起來。

錦囊小語

這對父子沒能掌握馭馬的方法，造父則懂馭馬之術，而能輕鬆應付受驚嚇的馬。學習任何事都必須先抓到訣竅，做起事情來才容易順利成功。

善呼者

漢《淮南子》／劉安

公孫龍在趙之時，謂弟子曰：「人而無能者，龍不能與游。」有客衣褐帶索而見曰：「臣能呼。」公孫龍顧謂弟子曰：「門下故有能呼者乎？」對曰：「無有。」公孫龍曰：「與之弟子之籍！」後數日，往說燕王。至於河上，而航在一汜。使善呼者呼之，一呼而航來。

釋義

公孫龍一直認為和沒本事的人交朋友，是沒有意義的。有天，一位衣衫襤褸的人前來拜見：「我的聲音宏亮，嗓門粗大，善於大聲喊叫。」公孫龍得知自己的學生裡頭沒有這樣的人才，便將此人收為弟子。不久，公孫龍帶著弟子們北上燕國，來到黃河岸邊，渡船恰好停在黃河對岸。急於渡河的公孫龍，便請剛剛入門的弟子向對岸呼喊，這弟子只喊一聲，對岸船家便朝這邊划了過來。

錦囊小語

任何才能都有用武之地，不能輕視它。同樣地，天生我才必有用，用心摸索自己的潛能，磨礪它，讓潛能變才能，並善加發揮。

愚公移山

先秦《列子》／列禦寇

太形、王屋二山，方七百里，高萬仞；本在冀州之南，河陽之北。北山愚公者，年且九十，面山而居。懲山北之塞，出入之迂也，聚室而謀，曰：「吾與汝畢力平險，指通豫南，達於漢陰，可乎？」雜然相許。其妻獻疑曰：「以君之力，曾不能損魁父之丘，如太形、王屋何？且焉置土石？」雜曰：「投諸渤海之尾，隱土之北。」遂率子孫荷擔者三夫，叩石墾壤，箕畚運於渤海之尾。鄰人京城氏之孀妻有遺男，始齔，跳往助之。寒暑易節，始一返焉。河曲智叟笑而止之，曰：「甚矣，汝之不惠！以殘年餘力，曾不能毀山之一毛；其如土石何？」北山愚公長息曰：「汝心之固，固不可徹；曾不若孀妻弱子。雖我之死，有子存焉。子又生孫，孫又生子；子又有子，子又有孫；子子孫孫，無窮匱也。而山不加增，何苦而不平？」河曲智叟亡以應。操蛇之神聞之，懼其不已也，告之於帝。帝感其誠，命夸蛾氏二子負二山，一厝朔東，一厝雍南。自此，冀之南、漢之陰無隴斷焉。

釋義

太行和王屋兩山，山勢非常高大，位於冀州之南、河陽之北。北山住了一位愚公，對於大山擋住南北通路感到非常不方便，每次出遠門都要繞路而行，便發動自己的子孫想將這兩座大山剷平，並將挖出的土石運到渤海和東北的得州。鄰居有位寡婦和一個八歲的小童，也蹦蹦跳跳地跑去幫助他們，只是路途遙遠，來往時間要一年之久。在河套有位老人笑著勸告愚公：「你都已經一大把年紀了，剩下一點力氣連山的毫毛都毀壞不了，那麼多的土和石頭，你又如何應付得了呢？」愚公嘆口氣說：「你太頑固，簡直還不如那寡婦與小孩，就算我死了，還有兒子，兒子又有孫子，孫子又有兒子，子子孫孫是永無窮盡的，而山是不會長高的，還怕無法剷平它嗎？」老人聽了之後無言以對。山神與海神得知此事後，擔心他們這永無止盡之舉作必然毀了山填了海，於是報告上帝。上帝被愚公的精神所感動，就叫夸蛾氏的兩個兒子揹走這兩座山，從此以後，南北之間就沒有阻礙交通的大山了。

錦囊小語

精誠所至金石為開，在我們立定志向的當時，有著愚公移山的精神，很多事就能成功，一切只要有毅力與決心，任何事都不會難倒我們的。

先秦《墨子》／墨翟

毆驥與毆羊

子墨子怒耕柱子，耕柱子曰：「我毋俞於人乎？」子墨子曰：「我將上大行，駕驥與羊，子將誰毆？」耕柱子曰：「將毆驥也。」子墨子曰：「何故毆驥也？」耕柱子曰：「驥足以責。」子墨子曰：「我亦以子爲足以責。」

釋義

有一天，墨子厲聲責罵他的門徒耕柱子，耕柱子很難過，覺得受到很大的委屈，抱怨地說：「為什麼我沒有比別人犯更多的錯誤，卻遭受老師這樣嚴厲的責難。」墨子聽到之後便說：「假使要駕馬和羊上太行山，如果是你，你要鞭打馬還是要鞭打羊呢？」耕柱子回答：「我當然是要鞭打馬。」墨子便問：「你為什麼要鞭打馬而不鞭打羊呢？」耕柱子回答：「因為馬兒跑得快才值得鞭打，而羊卻沒有這項特質。」墨子說：「我責罵你，正是因為你像馬而不像羊，值得批評呀！」

錦囊小語

受到嚴苛的指正批評，不用自怨自艾，反而要感激有人願意指責我們，幫助我們成長，往後才能有更多的發展空間。但放下身段虛心接受並不容易，這需要學習。

熟能生巧

宋《歸田錄》／歐陽修

陳康肅公善射，當世無雙，公亦以此自矜。嘗射於家圃，有賣油翁釋擔而立睨之，久而不去，見其發矢十中八九，但微頷之。康肅問曰：「汝亦知射乎？吾射不亦精乎！」翁曰：「無他，但手熟爾。」康肅忿然曰：「汝安敢輕吾射！」翁曰：「以我酌油知之。」乃取一葫蘆置於地，以錢覆其口，徐以杓酌油瀝之，自錢孔入，而錢不濕。因曰：「我亦無他，惟手熟爾。」康肅笑而遣之。

釋義

宋朝大臣陳堯咨雖是進士出身，卻十分喜愛射箭且技術不凡。一天，他在自家門外練習，中靶的箭相當多，十枝中有八九枝射中，他大為得意，環顧四周，發現一位賣油的老人對此只是微微點頭並不特別驚訝。大臣頓時無名火大起，將那老者叫來準備好好理論一番，問道：「你也懂得射箭嗎？我的技術難道不高明嗎？」老者緩緩地從籮筐中取出一只葫蘆放在地上，用一枚銅錢蓋在葫蘆口，並舀出一杓油，從錢眼一直線地倒入葫蘆中，銅錢上連一滴油漬也沒沾染到，也沒有滴落到外面。賣油老人對大臣說：「我這只不過是熟能生巧，談不上有什麼高明技術。」大臣便微笑地將那名老者打發走了。

錦囊小語

做任何事要想掌握高超技術，必須勤加練習，熟才能生巧。如此，才較有機會在身處的行業中獲得出類拔萃的成就。

學奕

先秦《孟子》／孟軻

奕秋，通國之善弈者也。使奕秋誨二人弈。其一人專心致志，惟奕秋之爲聽；一人雖聽之，一心以爲有鴻鵠將至，思援弓繳而射之。雖與之俱學，弗若之矣！爲是其智弗若與？曰：「非然也」。

釋義

奕秋是一國之中最出色的圍棋高手，他同時教導了兩個人下棋。其中一人專心致志，凝神靜聽奕秋講解棋道。另一人則看似在聽講，心裡卻想著要是有隻天鵝飛起，該如何張開弓箭將牠射下。此人雖和另一人一樣向奕秋學棋，但成績肯定不如前者，這是因為他不如人家聰明嗎？還是老師教得不好，當然不是，只是不專心罷了。

錦囊小語

成功取決於許多因素，其中一項極爲重要的關鍵在於能否專心致志。這往往是成功的關鍵，若能加以掌握，通往目標的道路必能順利許多。

戰勝自己

先秦《韓非子》／韓非

子夏見曾子，曾子曰：「何肥也？」對曰：「戰勝，故肥也。」曾子曰：「何謂也？」子夏曰：「吾入見先王之義則榮之，出見富貴之樂又榮之，兩者戰於胸中，未知勝負，故臞。今先王之義勝，故肥。」

釋義

子夏去見曾子，曾子問子夏：「你為什麼這麼胖？」子夏回答：「因為戰勝了，所以胖了。」曾子一臉狐疑：「這話怎麼說？」子夏說：「我本來在讀古聖先王的書時，認為這些都是偉大的哲理而非常高興，但在外面見著富貴榮華的富裕景象也非常喜歡。於是這兩者就在我心中交戰，可是一直沒有分出勝負，所以以前才會一直那麼瘦；如今，先王之道獲得勝利，我這才心寬體胖起來。」

錦囊小語

可見立志之難處不在於戰勝別人，而在戰勝自己。唯有戰勝自己才是強者，能夠不沉迷於追求富貴而立志追求人生之道，更屬不易！

黔之驢

唐《柳宗元集》／柳宗元

黔無驢，有好事者船載以入。至則無可用，放之山下。虎見之，龐然大物也，以爲神。蔽林間窺之，稍出近之，慭慭然莫相知。他日，驢一鳴，虎大駭，遠遁，以爲且噬己也，甚恐。然往來視之，覺無異能者，益習其聲，又近出前後，終不敢搏。稍近益狎，蕩倚衝冒，驢不勝怒，蹄之。虎因喜，計之曰：「技止此耳！」因跳踉大闞，斷其喉，盡其肉，乃去。

釋義

貴州原本不出產驢子，有個多事的人運了一頭驢子到貴州，因暫時沒有用處而放養在山坡上。樹林中的老虎對這隻新來的驢子感到很害怕，聽到驢子高聲喊叫，受到驚嚇跑得老遠。但時間一久，老虎發現驢子並沒有令人害怕的本領，便日益靠近，並不時挑釁一下。驢子被老虎弄得很憤怒，一腳朝老虎踢了過去，老虎見驢子最大的本領就這一腳，心下大喜，便撲上去一口將驢子咬死，享受了一頓豐富的大餐。

錦囊小語

徒有外表而沒有實質內涵的人，是無法適應環境生存下來的。因而，在有用之時更該奮發向上習得一技之長，否則就如黔驢技窮一樣，最終只能被大環境吞噬。

先秦《韓非子》／韓非

濫竽充數

齊宣王使人吹竽，必三百人。南郭處士請爲王吹竽，宣王說之，廩食以數百人。宣王死，湣王立，好一一聽之，處士逃。

釋義

齊宣王喜歡聽以音色柔和樂器合奏出來的樂曲，有個複姓南郭的人得知這個消息後，拜見宣王，請求加入吹竽的行列。宣王非常高興地同意了他的請求，並讓他和陣容龐大的樂隊成員享受同樣的待遇。湣王繼位後，依然喜歡以竽吹奏出的優雅樂曲，但和父親不同的是，他不喜歡動輒三百人的合奏，而喜歡樂師一個個獨奏。技巧不過爾爾的南郭先生得知後，一聲不響地提起行李溜走了。

錦囊小語

沒有眞才實學的人很難在社會中立足。一個人擁有眞本事，面對考驗時不至於太過害怕，因爲他們有一身眞功夫不怕火煉。

先秦《列子》／列禦寇

薛譚學謳

薛譚學謳於秦青，未窮青之技，自謂盡之，遂辭歸。秦青弗止，餞於郊衢，撫節悲歌，聲振林木，響遏行雲。薛譚乃謝求反，終身不敢言歸。

釋義

薛譚向著名的歌唱家秦青學唱歌。不久，薛譚認為自己已差不多掌握了老師所傳授的技能，便想告辭回家。秦青在城外的大路旁為學生餞行，酒宴上，秦青和著歌曲的節拍，唱起悲切的送行歌來，歌聲慷慨悲壯、穿雲裂石，連天空中的雲彩也被聲音所震懾不能前進，展現出前所未有的美妙歌喉，薛譚連忙向秦青道歉，請求老師留他繼續在門下學習。自此之後，薛譚一輩子都不再提回家的事了。

錦囊小語

半調子的功夫是撐不久的，幸好薛譚及時發現了自己的無知，懇求老師讓他繼續學習，這比世上那些自以爲是的人好太多了，值得稱許。

哲思篇

先秦《莊子》／莊周

莊周夢蝶

昔者莊周夢爲蝴蝶，栩栩然蝴蝶也，自喻適志與！不知周也。俄然覺，則蘧蘧然周也。不知周之夢爲蝴蝶與？蝴蝶之夢爲周與？周與蝴蝶，則必有分矣。此之謂「物化」。

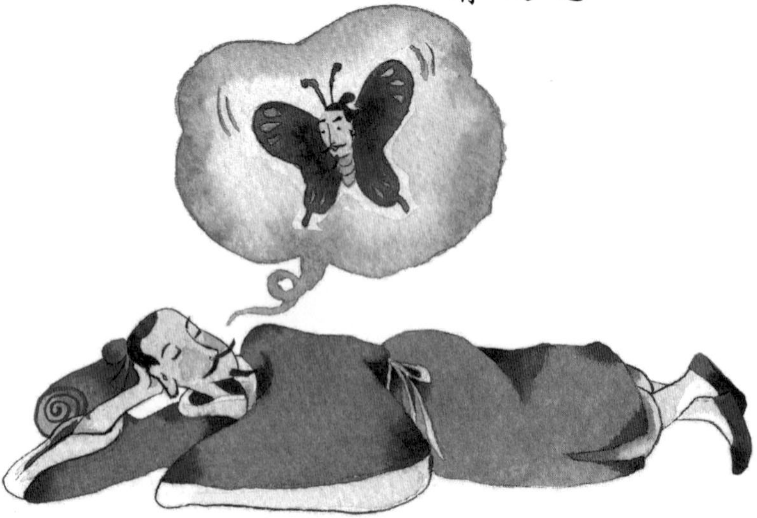

釋義

莊周做了一個夢，夢見自己變成一隻蝴蝶，飄飄然地飛著，儼然自己就是隻在大自然中快意遨遊的蝴蝶。他在夢中覺得非常開心，過了一會兒，從夢中醒來，見自己仍是莊周而不是蝴蝶，覺得十分驚奇。他實在不明白，究竟是自己在夢中變成了蝴蝶，還是蝴蝶在夢中變成了他？

錦囊小語

這個經驗說明了物我兩忘的境界，我們不需要爭論是蝴蝶變成莊周，還是莊周變成了蝴蝶；最重要的是，他與自然界的相互交融到達一種純粹的境界，令人心生嚮往之。

先秦《莊子》／莊周

儵忽與渾沌

南海之帝爲「儵」，北海之帝爲「忽」，中央之帝爲「渾沌」。儵與忽時相與遇於渾沌之地，渾沌待之甚善。儵與忽謀報渾沌之德曰：「人皆有七竅以視聽食息，此獨無有，嘗試鑿之。」日鑿一竅，七日而渾沌死。

釋義

傳說中，南海的君王叫做「儵」（讀作「倏」），北海的君王叫做「忽」，中央的帝王叫做「渾沌」。儵與忽經常作客於渾沌的國土，接受渾沌豐盛的招待。儵與忽想報答渾沌這般熱情的款待，想到人都有七竅而渾沌卻沒有，就想一天鑿出一竅，讓渾沌也能跟他們一樣享受美食、音樂、怡人的景色等等。待七天鑿完七竅，渾沌卻也因此死了。

錦囊小語

渾沌原本是沒有七竅的，擁有的只是純樸的心靈，卻在被賜予了七竅、接觸人為的造作後，純樸心靈不再，隨著物慾的橫流而迷失自我，因違背自然的規律而死去。

魏晉南北朝《六祖壇經》

風吹幡動

至廣州法性寺，值印宗法師講《涅槃經》。時有風吹幡動，一僧曰：「風動。」一僧曰：「幡動。」議論不已。惠能進曰：「不是風動，不是幡動，仁者心動。」

釋義

慧能大師到廣州的法性寺，印宗法師正在講解《涅盤經》，此時一陣風吹動了旗幡，在座的一位和尚道：「這是風在動。」另一位和尚說：「是旗幡在動。」兩人爭論不休。慧能大師插話：「既不是風動，也不是旗幡在動，而是你們的心在動。」

錦囊小語

風動幡動，其實都是自然現象，本質並無差別，但人心一動，爭論便產生了。慧能大師一句話就道破爭論，修為境界十分高遠。

畏影惡跡

先秦《莊子》／莊周

人有畏影惡跡而去之走者，舉足愈數而跡愈多，走愈疾而影不離身，自以爲尚遲，疾走不休，絕力而死。不知處陰之休影，處靜以息跡，愚亦甚矣！

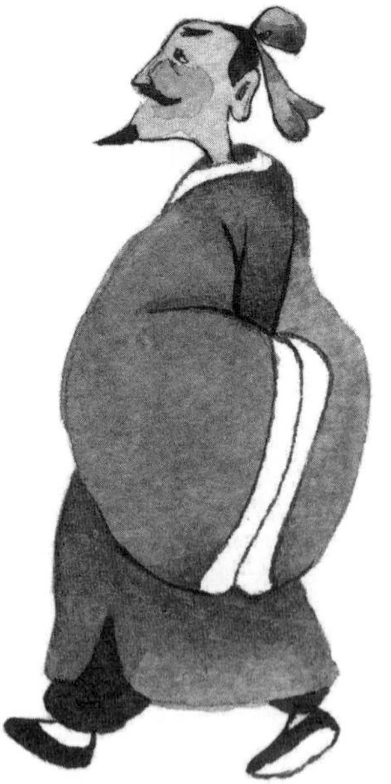

釋義

有個人害怕自己的影子，討厭自己的腳印，一心想逃離自己的影子和腳步。他拚命奔跑，結果跑得越快留下的腳印越多；走得越急，影子也追得越急。他卻認為甩不開腳印和影子是因為跑得不夠快，於是更加拚命往前跑，最後終於因為體力透支而累死在路上。此人不知道，置身陰暗的地方影子自會消失，靜止不動足跡自然不會出現，可真是愚昧至極。

錦囊小語

影子和腳印原本即來自我們，有我才有影，有腳才有印，一切都屬自然，是造物自然的道理。若想違逆自然之道，只會像此人一樣，到最後耗盡了自己的生命。

庖丁解牛

先秦《莊子》／莊周

庖丁爲文惠君解牛，手之所觸，肩之所倚，足之所履，膝之所踦，砉然嚮然，奏刀騞，莫不中音，合於《桑林》之舞，乃中《經首》之會。文惠君曰：「譆！善哉！技蓋至此乎？」庖丁釋刀對曰：「臣之所好者，道也，進乎技矣。始臣之解牛之時，所見無非牛者，三年之後，未嘗見全牛也。方今之時，臣以神遇，而不以目視，官知止而神欲行，依乎天理，批大郤，道大窾，因其固然，枝經肯綮之未嘗，而況大軱乎？良庖歲更刀，割也；族庖月更刀，折也。今臣之刀十九年矣，所解數千牛矣，而刀刃若新發於硎。彼節者有間，而刀刃者無厚；以無厚入有間，恢恢乎其於游刃必有餘地矣。是以十九年，而刀刃若新發於硎。雖然，每至於族，吾見其難爲，怵然爲戒，視爲止，行爲遲；動刀甚微，謋然已解，如土委地。提刀而立，爲之四顧，爲之躊躇滿志，善刀而藏之。」文惠君曰：「善哉！吾聞庖丁之言，得養生焉。」

釋義

庖丁為文惠君殺牛，無論用什麼手法都能立刻使皮骨分離，發出的聲音有如「桑林」與「經首」這般美妙的音樂。文惠君問他：「你真是太厲害了，你的刀法怎麼會如此高明呢？」庖丁說：「我所喜歡的是事物的道理，遠遠超過技巧這個層次。一開始學習殺牛時，不懂得牛的結構，一整頭牛往往不知從何下刀。經過三年的磨練之後，眼前所見的已經不是一頭全牛了，而是心領神會，停止一切感官知覺的活動，自然而然順著牛的生理結構，切開筋骨的縫隙，刀子悠游於骨節間，經絡相連和筋骨盤節的地方碰都沒碰一下，何況是大骨呢？技術高明的廚師，每年只要換一把刀就可以，因為他們是用刀來切肉，反之，一般笨拙的廚師，每個月都需要換新刀，因為他們是用刀來砍肉。而現在我這把刀已經用了十九年，所殺的牛也有幾千頭，但刀刃還像剛磨過一樣鋒利。這是因為牛的骨節有縫隙，而刀刃卻沒有厚度，以沒有厚度的刀遊走在有縫隙的骨節間，自然能夠得心應手。」文惠君聽完便說：「說得很對，你的一番話，使我領悟到了養生之道！」

錦囊小語

廚師庖丁的技藝其實已超越了技術層面，達致道的境界。一頭牛的筋骨脈絡，他早已了然於心，以無形駕馭有形，跳脫實體的桎梏，自能悠游於大道中。

先秦《韓非子》／韓非

自然與人為

宋人有爲其君以象爲楮葉者，三年而成豐殺莖柯，毫芒繁澤，亂之楮葉之中，而不可別也，此人遂以功食祿於宋邦。列子聞之曰：「使天地三年而成一葉，則物之有葉者寡矣。」故不乘天地之資，而載一人之身；不隨道理之數而學一人之智；此皆一葉之行也。

釋義

宋國有個人替宋國的君主以象牙磨製一片楮葉，費了三年的時間才完成。無論葉的厚薄、莖的長短、色澤等各方面都和真的楮葉相當形似，放在真的楮葉之中，也無法分別，這人因而得到了國君的賞賜。列子聽到之後便說：「若是天地以三年的時間才長成一片葉，那麼這世上有葉的植物可就很少了。」

錦囊小語

不去仰仗自然界的生長力量，而完全依賴一人的氣力，不遵循自然之道，而逞一人之智；這種耗費三年時間刻鏤出一片葉子的行爲，正是如此。

先秦《莊子》／莊周

生命的周循

莊子妻死，惠子弔之，莊子則方箕踞鼓盆而歌。惠子曰：「與人居，長子老身，死不哭亦足矣，又鼓盆而歌，不亦甚乎！」莊子曰：「不然。是其始死也，我獨何能無慨然！察其始而本無生，非徒無生也而本無形，非徒無形也而本無氣。雜乎芒芴之間，變而有氣，氣變而有形，形變而有生，今又變而之死，是相與爲春秋冬夏四時行也。人且偃然寢於巨室，而我噭噭然隨而哭之，自以爲不通乎命，故止也。」

釋義

莊子的妻子死了，惠施前來弔唁，卻看到莊子蹲在那裡敲著瓦盆唱著歌，惠施看了生氣地說：「她和你共同生活了那麼多年，而且替你扶養子女，如今年老死去，你不哭她也就算了，反而敲著瓦盆唱歌，這樣做是不是太過分了！」莊子說：「不是這樣的，當她剛死時，我的心中怎可能不悲傷，但是我一想到，她的原始面貌本來就是一個沒有生命的東西，不但沒有生命也沒有形體，非但沒有形體連氣息也沒有；只因參雜在恍恍惚惚的人世間，變成了有氣息，氣息變化而有形體，形體變化而有生命，現在生命又變化成沒有生命（回歸原來面目），這種生命演變的過程，就像春夏秋冬四時的運行一樣。她正安息於天地之間，如果我站在她身邊哇哇大哭，我可不認為這樣是通達生命演變的道理，所以才會不哭啊！」

錦囊小語

我們常認爲生是從無到有，因而可喜；死是從有到無，因而可悲。但莊子認爲，人生來之前本是無，死後也回歸無，無還是無，那又有何差別呢？

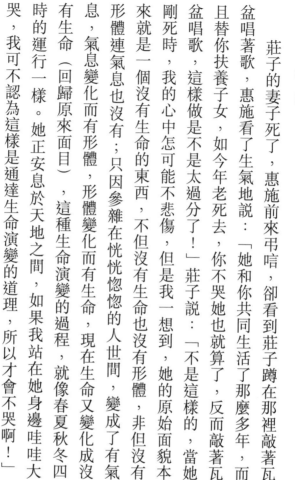

先秦《韓非子》／韓非

玉壽焚書

玉壽負書而行，見徐馮於周塗，馮曰：「事者為也，為生於時，知者無常事；書者言也，言生於知，知者不藏書。今子何獨負之而行？」於是玉壽因焚其書而舞之。

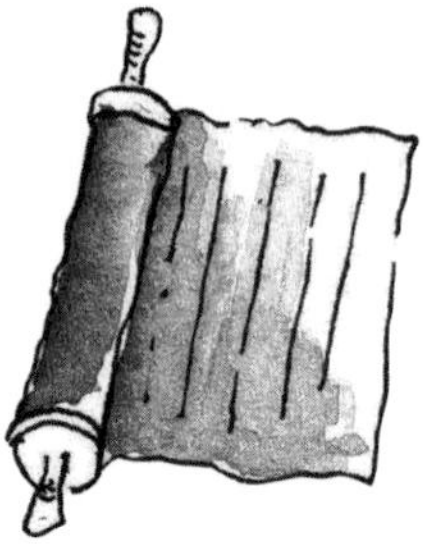

釋義

玉壽外出，在路上遇到了徐馮。玉壽告訴徐馮，自己駕車出門時會載著許多書，一旦遇到疑惑便可隨時查找，因而心裡特別踏實。徐馮便說：「書，是用來記錄人們過去的經驗，告訴我們道理，瞭解之後便可拋棄。它並沒有告訴我們現在該怎麼做，並且一定的時期有一定的作法，聰明的人不會一成不變地處理事情。」玉壽聽了，覺得非常有道理，當場就將隨身攜帶的書全部燒掉，並為自己瞭解到這一層道理，高興地手舞足蹈起來。

錦囊小語

玉壽將全部的書焚毀，並不代表前人的書沒有價值。只是我們在讀前人古籍的同時，學習的是做人處世的道理，唯有懂得變通運用，才能適者生存。

古木與雁

先秦《莊子》／莊周

莊子行於山中，見大木，枝葉盛茂，伐木者止其旁而不取也。問其故，曰：「無所可用。」莊子曰：「此木以不材得終其天年。」夫子出於山，舍於故人之家。故人喜，命豎子殺雁而烹之。豎子請曰：「其一能鳴，其一不能鳴，請奚殺？」主人曰：「殺不能鳴者。」弟子問於莊子曰：「昨日山中之木，以不材得以終其年；今主人之雁，以不材死；先生將何處？」莊子笑曰：「周將處夫材與不材之間。材與不材之間，似之而非也，故未免乎累。」

釋義

莊子朝著山裡一棵因大而無用而免遭砍伐的參天古木說：「這棵樹恰巧因其不成材而能享有天年。」晚間，莊子到友人家中作客，殷勤好客的主人跟家裡的僕人說：「家裡有兩隻雁，一隻會叫，另一隻不會叫，將那隻不會叫的雁殺來宴客。」莊子的學生聽了覺得很疑惑，向莊子問道：「老師，山裡的巨木因為無用而保存了下來，家裡養的雁卻因不會叫而喪失性命，我們該採取什麼樣的態度來看待這繁雜無序的人世呢？」莊子回答：「還是選擇處在有用和無用之間吧，儘管這之中的分寸太難掌握，而且也不符合人生的規律，但已能避免許多爭端，足以應付人世了。」

錦囊小語

無用的大樹能夠被保存下來，不會叫的雁卻被殺掉，這兩者之間的確很難用絕對的標準衡量。因此行走於人世，我們應避免用絕對的標準來衡量事情的對與錯。

先秦《莊子》／莊周

水雉之樂

澤雉十步一啄，百步一飲，不蘄畜乎樊中，神雖王旺，不善也。

釋義

生活在野外的野雞，得走上十步才能找到一口食物，走一百步才能喝到一口水，可是牠一點也不羨慕籠裡的生活。住在籠子裡雖然不愁吃，卻因為不自由而顯得精神不振。

錦囊小語

任何動物都一樣，誰都不想待在牢籠裡。外面的生活雖苦，但有自由，肉體雖受到較差的待遇，但精神卻自由徜徉於天地間。

先秦《莊子》／莊周

井底之蛙

坎井之蛙……謂東海之鱉曰：「吾樂與！出跳梁乎井乾之上，入休乎缺甃之崖；赴水則接腋持頤，蹶泥則沒足滅跗。還虷蟹與蝌蚪，莫吾能若也！且夫擅一壑之水，而跨跱坎井之樂，此亦至矣。夫子奚不時來入觀乎？」東海之鱉，左足未入，而右膝已縶矣。於是逡巡而卻，告之海，曰：「夫千里之遠，不足以舉其大；千仞之高，不足以極其深。禹之時，十年九潦，而水弗爲加益；湯之時，八年七旱，而崖不爲加損。夫不爲頃久推移，不以多少進退者，此亦東海之大樂也。」於是坎井之蛙聞之，適適然驚，規規然自失也。

釋義

生活在淺水井的青蛙，非常愉快地向東海來的大鱉描述自己的幸福和快樂，並請大鱉到自己的家中作客。東海的大鱉無法進入那小小的井中，只好在井邊的欄杆上和青蛙聊天，大鱉告訴青蛙：「我所居住的東海相當遼闊深邃，千里之遙，不足以形容它的廣闊；千仞之高，不足以表明它的深度。曾經大旱三年，東海不減一水，黃河氾濫時東海也不增一寸。對東海而言，時間和雨水都不能使它的容量發生變化。住在這樣的環境裡，才有難以形容的快樂！」青蛙聽完這番話後，驚訝地看著東海的大鱉，顯得一臉茫然和失落。

錦囊小語

我們不必嘲笑井底之蛙的膚淺，也不用羨慕大鱉能夠遨遊大海。萬物各有天性，尋求最適合自己的方式，才是活存於世的教戰守則。

先秦《莊子》／莊周

大儒盜墓

儒以詩禮發冢。大儒臚傳曰：「東方作矣，事之何若？」小儒曰：「未解裙襦，口中有珠。詩固有之曰：『青青之麥，生於陵陂。』生不布施，死何含珠爲？」接其鬢，壓其顪，儒以金椎控其頤，徐別其頰，無傷口中珠。

釋義

一群儒生半夜到野外盜墓，老師擔心天亮後會被人發現，一邊催促弟子加快速度，一邊詢問進展情況。弟子報告：「貼身的衣物還沒脫下來，死人的口中還含著珠子，難怪古人詩中說，『麥苗青青，長在山坡』，活著不做善事，死後含著珠子有什麼用呢？」老師便指示道：「你不妨揪住死屍的髮鬠，按住他的下巴，用鐽子敲打他的下顎，慢慢地分開牙齒，小心地取出嘴裡的珍珠，千萬不要弄破了。」

錦囊小語

盜墓者指責死人生前不做善事，死後嘴裡含著珠子有什麼用，少不得要遭人盜墓。這群盜墓者卻不曾想到，自己身爲儒者竟毫無應有的處世風範，眞是諷刺。

驚弓之鳥

異日者，更羸與魏王處京台之下，仰見飛鳥。更羸謂魏王曰：「臣爲王引弓虛發而下鳥。」魏王曰：「然則射可至此乎？」更羸曰：「可。」有間，雁從東方來。更羸以虛發而下之。魏王曰：「然則射可至此乎？」更羸曰：「此孽也。」王曰：「先生何以知之？」對曰：「其飛徐而鳴悲。飛徐者，故瘡痛也；鳴悲者，久失群也。故瘡未息而驚心未至也。聞弦音，引而高飛，故瘡隕也。」

釋義

知名射手更羸，看見天空中緩緩飛過一隻孤雁，沒有搭上箭，而只是馬步彎弓，朝大雁虛張聲勢地拉開弓弦。隨著弓弦發出聲響，大雁一頭栽了下來，魏王對此大感驚訝。更羸解釋道：「這隻大雁飛得很慢且歪斜，叫聲淒切；飛得慢是因為舊傷尚未痊癒，叫聲淒涼表示牠離群時間已久。身體沒復原，驚悸之心還沒有消除，所以一聽到弓弦聲，就拚命往高處飛，傷口肯定裂開，會掉下來便不足為奇了。」

錦囊小語

只要細心觀察往往可發覺許多人事物的優缺點，無論是他人或自己的不足，我們是否如驚弓之鳥般毫無抵抗力？一聽見弓弦聲，易感的傷疤是否立刻便被揭了下來？

先秦《莊子》／莊周

說彘

祝宗人玄端以臨牢筴。說彘曰：「汝奚惡死？吾將三月汝，十日戒，三日齋，藉白茅，加汝肩尻乎雕俎之上，則汝為之乎？」

釋義

祭祀官身著禮服，認真地説服著豬圈裡的豬：「你們不用怕死，我會對你們非常有禮貌且尊重。往後將花上三個月的時間好好餵養你們，祭祀前十天，我還會沐浴齋戒。祭祀前三天，我將戒食酒肉茹素三天。當祭祀的典禮開始時，你們的前後腿將放在雕刻精美的器皿裡，並且將墊上散發芬芳氣息的牧草，這是個隆重而莊嚴的時刻，你們應該為自己能參與這樣的慶典感到自豪。」

錦囊小語

雖然可以享受到美食和極好的照顧，但最終卻難逃一死。在現實生活中，我們是不是也置身這樣的陷阱而不自知呢？

鄒忌窺鏡

鄒忌脩八尺有餘，形貌昳麗。朝服衣冠，窺鏡，謂其妻曰：「我孰與城北徐公美？」其妻曰：「君美甚，徐公何能及君也！」城北徐公，齊國之美麗者也。忌不自信，而復問其妾曰：「吾孰與徐公美？」妾曰：「徐公何能及君也！」旦日，客從外來，與坐談，問之客曰：「吾與徐公孰美？」客曰：「徐公不若君之美也！」

明日，徐公來。孰視之，自以爲不如；窺鏡而自視，又弗如遠甚。暮，寢而思之，曰：「吾妻之美我者，私我也；妾之美我者，畏我也；客之美我者，欲有求于我也。」

釋義

鄒忌的體格很好，長得也很出眾。有天，他對著鏡子一邊看鏡裡的自己，一邊問妻子，自己和齊國著名的美男子徐公相比，誰比較好看？妻子認為，徐公比不上自己的丈夫。鄒忌又問妾，他和徐公相比誰比較好看？妾回答：「徐公哪裡比得上你呀。」鄒忌又向來訪的客人詢問，他和徐公相比誰比較好看？客人回答：「徐公怎能和你相提並論！」第二天，徐公來訪，鄒忌發現自己並不如徐公好看，心中悶悶不樂，後來想了很久才豁然開朗地說：「妻子是因為喜歡我，小妾是因怕我，才說我好看；而客人則是有求於我，所以不敢說我不如徐公。」

錦囊小語

事情的眞相常常會被外在所蒙蔽。對於奉承的話，自己要有所警覺，一旦被沖昏頭，就會喪失理智，眞實的話便被隱埋。小小的道理，卻知易行難。

葉公好龍

先秦《新序》／劉向

葉公子高好龍，鉤以寫龍，鑿以寫龍，屋室雕文以寫龍。於是天龍聞而下之，窺頭於牖，施尾於堂。葉公見之，棄而還走，失其魂魄，五色無主。是葉公非好龍也，好夫似龍而非龍者也。

釋義

葉公子高非常喜歡龍，不僅衣著裝飾都有龍的圖案，就連餐具、酒器也雕繪了龍的圖形，房屋的牆壁和梁柱也都以龍的花紋來裝飾。天上的龍知道了這件事，以為葉公真的很喜歡自己，便來到他的家中。當牠把頭伸進窗戶探望葉公時，長長的身軀已然伸展到正房當中，葉公看見龍真的來了，嚇得心驚膽跳、魂飛魄散，一古腦兒往門外逃去。

錦囊小語

從表面上看，葉公的確非常喜歡龍，但表面形式的喜愛不代表自己眞正的內心也是如此。我們該思索自己所追求事物的眞正價值，才不致成爲盲從的一員。

楚人遺弓

先秦《呂氏春秋》／呂不韋

荊人有遺弓者，而不肯索，曰：「荊人遺之，荊人得之，又何索焉。」孔子聞之曰：「去其『荊』而可矣。」老聃聞之曰：「去其『人』而可矣。」

釋義

有個楚國人在路上遺失了自己的弓，卻不去尋找，他說：「楚國人丟了弓，楚國人撿到了，那又何必去找呢。」孔子聽到這事之後，說：「把『楚』字去掉就可以了。」老子則說：「去掉『人』字就更好了。」

錦囊小語

楚國人不計較自己丟了弓，想到的是楚人得了弓；孔子則除去國界分野，人遺之，人得之；老子則回歸自然，弓由自然而生，不過回到自然。以上三種思維各有巧妙。

意怠鳥

先秦《莊子》／莊周

東海有鳥焉，其名曰意怠。其爲鳥也，翂翂翐翐，而似無能；引援而飛，迫脅而棲；進不敢爲前，退不敢爲後；食不敢先嘗，必取其緒。是故其行列不斥，而外人卒不加害，是以免於患。

釋義

意怠鳥是東海裡的一種鳥，牠沒什麼才能，飛得又低又慢，而且得依賴其他鳥兒領頭，棲息時則躲在鳥群中央，往前飛時不敢飛在前面，後退時也不敢落在後面，吃東西不敢搶先，只撿人家剩下的吃。由於具備這些特點，使牠在鳥群中不僅從不受排斥，也免於受到人類的傷害，而得安然地保全自己的性命。

錦囊小語

意怠鳥本身沒有特出的能力，倒也是一種出色的生命特質。鳥群不因牠而得到裨益，也不因牠而受到妨礙；表現出無用，反而保有本身的大用。

塞翁失馬

漢《淮南子》／劉安

近塞上之人，有善術者。馬無故亡而入胡，人皆弔之。其父曰：「此何遽不爲福乎？」居數月，其馬將胡駿馬而歸，人皆賀之。其父曰：「此何遽不能爲禍乎？」家富良馬，其子好騎，墮而折其髀，人皆弔之，其父曰：「此何遽不爲福乎？」居一年，胡人大入塞，丁壯者引弦而戰，近塞之人，死者十九，此獨以跛之故，父子相保。故福之爲禍，禍之爲福，化不可極，深不可測也。

釋義

有位老人和兒子同住邊疆地區。一天，他們家有匹馬跑走了，鄰居都來安慰他們，不料做父親的卻說：「丟了馬兒雖然是損失，但不見得是壞事。」一個月後，跑丟的馬兒帶著一匹駿馬回來了，鄰居們紛紛慶賀，做父親的又說：「這也許是件壞事。」果然，不久後他兒子騎馬摔斷了腿，成了跛子，做父親的對滿臉同情的鄰居說：「這也許是件好事。」又過了一年，邊疆地區發生大規模戰爭，老人的兒子由於跛著腳，不用被徵召入伍，和父親一塊兒活了下來，其他人則大多在戰爭中死去。

錦囊小語

事情往往沒有絕對的好壞對錯，端視從何種角度切入。這不是要混淆思考，而是提供我們另一種看事情的角度，讓人生視野更廣闊。

先秦《韓非子》／韓非

買櫝還珠

楚人有賣其珠於鄭者，為木蘭之櫃，薰以桂椒，綴以珠玉，飾以玫瑰，緝以翡翠。鄭人買其櫝而還其珠。

此可謂善賣櫝矣，未可謂善鬻珠也。

釋義

有個楚國人為了前往鄭國販售珠寶，特別以帶有香味的木蘭樹替珠寶做了一只盒子。盒子以肉桂、花椒薰製後，又用紅色的玫瑰玉和青綠色的翡翠裝飾。有個鄭國人對這盒子把玩再三愛不釋手，終於買了下來，可是卻將盒裡的珠寶取出還給賣家。

錦囊小語

商人分不清主客關係，讓外在盒子的質感超越了內裡珠寶的吸引力。這給了我們一個啓示，過於注重細節反而適得其反。

先秦《莊子》／莊周

無心可求道

黃帝遊乎赤水之北，登乎崑崙之丘而南聖，還歸遺其玄珠。使知索之而不得，使離朱索之而不得，使喫詬索之而不得也。乃使象罔，象罔得之，黃帝曰：「異哉！象罔乃可以得之乎？」

釋義

黃帝到赤水的北方遊玩，他登上崑崙山往南眺望，回程時不小心遺失了一顆玄珠，於是派「智慧」去尋找，找了半天卻沒找到；接著又派「離珠」去找，也沒找到；不得已之下再派「喫詬」去找，結果也一樣；最後，讓「無心」去找，才終於找著了。

錦囊小語

以有所謂而爲的心態去尋找大道，當然找不到，太過執著反而會迷失自我。而無所謂而爲的態度，倒是能放開一切，萬物盡顯而出，玄珠自然呈現在眼前。

太陽的距離

先秦《列子》／列禦寇

孔子東游。見兩小兒辯鬥。問其故。一兒曰：「我以日始出時去人近，而日中時遠也。」一兒以日初出遠，而日中時近也。一兒曰：「日初出大如車蓋；及日中，則如盤盂。此不爲遠者小而近者大乎？」一兒曰：「日初出滄滄涼涼，及其日中如探湯。此不爲近者熱而遠者涼乎？」孔子不能決也。兩小兒笑曰：「孰爲汝多知乎？」

釋義

孔子到東方遊歷時，在路上碰見兩個小孩在爭吵，便問他們為何而吵。其中一個小孩說：「我認為太陽剛出來的時候離人較近，中午的時候離人較遠；可是他卻說太陽剛出來時離人較遠，中午時才離人較近。」那小孩又說：「因為太陽剛出來時像車輪那麼大，等到中午就像一個盤子那麼小，這不是東西離人遠時較小，離人近時較大的道理嗎？」另一個小孩則指稱：「當太陽剛出來時人們感到涼涼的，等到快中午時卻熱得要命，這不是離火近時熱，離火遠時冷的道理嗎？」孔子聽完兩個小孩的話之後，也無法替他們解決這個問題，因此兩個小孩笑他：「是誰說你的學識淵博呀！」

錦囊小語

其實古人曾說，對於六合之外的事物，聖人是存而不論的。自然界有很多現象是我們所不瞭解的，一切事物都依循自己的道，順應著天理而運行。

效岳出遊

南朝宋《世說新語》／劉義慶

潘岳妙有姿容，好神情；少時，挾彈出洛陽道，婦人遇者，莫不連手共縈之。左太沖絕醜，亦復效岳遊遨；於是群嫗齊共亂唾之，委頓而返。

釋義

潘岳是著名的美男子，舉止高雅，神情灑脱，又是一位能詩能文的才子，因而深受女性同胞喜愛。每次潘岳坐車行經洛陽的大道時，都有許多漂亮女子朝他的座車扔果子，並手拉著手圍成圈，不讓潘岳離去。左思在當時也是非常有名的作家，曾寫出《三都賦》，一時之間造成洛陽紙貴，只是左思長得很醜，但他心想自己也是作家，何妨也來學那潘岳到街上走走。但左思才在大街走出十幾步，有群老太婆圍了過來，一起朝他吐口水、拿石頭扔他，左思在萬般無奈下，只能狼狽地倉皇逃回家。

錦囊小語

人們常以外在美醜來決定自己的好惡，有內涵、有能力者因而常被隱沒。人的天性喜歡並追求美善事物，然而外在表象卻往往左右人們的判斷力，不可不慎啊！

權謀篇

先秦《韓非子》／韓非

心戰策略

龐敬，縣令也，遣市者行，而召公大夫而還之，立有間，無以詔之，卒遣行。市者以爲令與公大夫有言，不相信似至無姦。

釋義

龐敬是一名縣令，他想把市場管理好，於是派了一位管理市場的官吏前往巡視，之後又另派了一名官吏把那位管理市場的官吏叫回。回來之後，只是讓他站了一會兒並沒有交代什麼，然後又叫他去巡視市場。這位官吏就想：「縣令好像跟另一位官吏說了些什麼！」他因此認為自己絕不能怠忽職守，從此管理市場時便十分盡忠職守，絕不營私舞弊。

錦囊小語

利用心理層面的影響，讓人有所警覺而用心把事情做好。這突顯出在上位者的絕妙智慧，毋須嚴刑苛法便能收管理之效，值得參考。

先秦《韓非子》／韓非

大鐘毀國

知伯將伐仇由而道難不通，乃鑄大鐘遺仇由之君。仇由之君大說，除道將內之。赤章曼枝曰：「不可！此小之所以事大也，而今也大以來，卒必隨之，不可內也。」仇由之君不聽，遂內之。赤章曼枝因斷轂而驅，至於齊七月，而仇由亡矣。

釋義

晉國的知伯打算兼併仇由國，苦於兩國之間道路崎嶇，便造了一口大鐘，送給仇由國君。仇由國一向巴結晉國，見晉國這次送了口大鐘以示友好相當高興，馬上組織民間整修道路。大臣赤章曼枝對這件事表示相當懷疑，以為送大鐘是小國侍奉大國的事，現在局勢卻顛倒過來，其中定有陰謀，力諫不可接受。赤章曼枝見國君不接受自己的意見，當即帶領整個家族連夜出奔逃往齊國，不久，仇由國就被沿著送這口大鐘而來的晉軍給消滅了。

錦囊小語

有些人為達到目的會裝出善意的模樣欺騙你，倘若對這種虛偽的善意缺乏足夠的警覺，就會身陷危險而不自知。

先秦《戰國策》

一顧價十倍

人有賣駿馬者，比三旦立市，人莫知之。往見伯樂曰：「臣有駿馬欲賣之，比三旦立於市，人莫與言，願子還而視之，去而顧之，臣請獻一朝之賈。」伯樂乃還而視之，去而顧之，一旦而馬價十倍。

釋義

有個賣馬的人在集市上站了三天，人們不知道他的馬兒質優精良，連個問價的人都沒有。這個人找來伯樂，說：「我打算賣掉這匹駿馬，可是在市集上站了三天卻無人問津。麻煩你到市場上圍著我的馬繞看一圈，臨走時再回頭看上幾次，我願意支付你一天的報酬。」伯樂同意了這個建議，隔天便到市場上繞一繞，之後他人才剛從市集離開，這匹馬的價格就上漲了十倍。

錦囊小語

伯樂善於相馬人所皆知，賣駿馬的人懂得利用伯樂的名聲來促銷自己的馬，無疑是成功的行銷手法。找權威專家拉抬自己的身價聲勢，看來古今皆然。

先秦《韓非子》／韓非

權力

中山之相樂池，以車百乘使趙，選其客之有智能者以爲將行，中道而亂，樂池曰：「吾以公爲有智，而使公爲將行，今中道而亂，何也？」客因辭而去曰：「公不知治，有威足以服之人，而利足以勸之，故能治之。今臣君之少客也，夫從少正長、從賤治貴，而不得操其利害之柄以制之，此所以亂也。嘗試使臣，彼之善者我能以爲卿相，彼不善者我得以斬其首，何故而不治？」

釋義

中山國宰相樂池，率領百部車乘出使趙國，並從自己的門客中挑選具有才幹者任命為指揮。不料，途中陣容大亂，樂池便問道：「我以為你很有才幹，所以才任命你為將軍，現在卻在途中陣容大亂，這是什麼原因呢？」這位門客準備辭職而去，說道：「丞相根本不懂治國之道，威權可使人畏懼，爵祿可使人羨慕，有這兩個條件才指揮得了部隊。可是我在丞相的門客之中，地位卑微，讓一個地位卑微的晚輩指揮長輩，以卑賤領導高貴，當然無法掌握全軍的權炳，這正是陣容大亂的原因所在。假如丞相能充分授權予我，讓我既有任命賢者為卿相的大權，又有處死惡人的生殺大權，哪有什麼軍隊指揮不了的呢？」

錦囊小語

事情想成功推展，必得充分授權部屬，否則綁手綁腳的不易成事。然而權力很容易使人腐化，若沉迷其中定會造成弊端，該如何拿捏分寸確實是門學問。

先秦《戰國策》

驥遇伯樂

君亦聞驥乎？夫驥之齒至矣，服鹽車而上太行，蹄申膝折，尾湛胕潰，漉汁灑地，白汗交流，中阪遷延，負轅不能上。伯樂遭之，下車攀而哭之，解紵衣以冪之。驥於是俛而噴，仰而鳴，聲達於天，若出金石聲者，何也？彼見伯樂之知己也。

釋義

太行山中，一匹已老的千里馬正拉著滿載食鹽的大車，艱難地往坡頂爬去。伯樂看到這一情景後，急忙扳住車轅，輕輕地撫摸馬的鬃毛，眼中止不住流下的淚水。過了一會兒，伯樂脫下身上的衣服蓋在千里馬背上。千里馬低下頭，粗粗地噴了幾口氣，隨即昂首長嘯，嘶鳴聲直衝九霄，清亮高亢，猶如金石撞鐘聲，因遇見了伯樂這個能理解牠的知己而仰天長嘯。

錦囊小語

任何單位都希望擁有很多人才，但實際上缺的不是人才，而是缺乏像伯樂這樣善於發現和重用人才的人。因此不能感嘆身邊沒有人才，而應鍛鍊自己識人、用人的本領。

庭燎求賢

漢《韓詩外傳》／韓嬰

齊桓公設庭燎，爲便人欲造見者，期年而士不至。於是東野有以九九見者。桓公使對之曰：「九九足以見乎？」鄙人曰：「臣聞君設庭燎以待士，期年而士不至。夫士之所以不至者，君，天下之賢君也，四方之士皆自以不及君，故不至也。夫九九，薄能耳，而君猶禮之，況賢於九九者乎？夫泰山不讓礫石，江海不辭小流，所以成其大也。《詩》曰：『先民有言，詢於芻蕘。』博謀也。」桓公曰：「善。」乃固禮之。期月，四方之士相導而至矣。

釋義

齊桓公公布了求賢令，要人在宮殿前燃起火炬，準備隨時接見各地的賢才。整整一年過去了，卻無一人前來應聘。終於，有一名自稱精通九九算法的人，大膽拜見齊桓公，面對侍者嘲諷的口吻，他說：「我用九九算法這種微小的技術見君王，無非是為了拋磚引玉。賢士們不來齊國，是因為他們認為桓公是賢明的國君，非自己所能及，一旦聽說國君連區區精通九九算法的人都肯接見，那麼必定蜂擁而至。」桓公採納了他的建議，不到一個月，各地賢才果然雲集齊國都城。

錦囊小語

齊桓公的胸襟博大到僅具區區雕蟲小技的人都願意接見，那些眞正有才者誰會不願投到他門下呢？任何領域的主事者若能胸襟廣博、知人善任，必將吸引良才而棲。

漢《禮記》／戴德

苛政猛虎

孔子過泰山側，有婦人哭於墓者而哀，夫子式而聽之。使子路問之曰：「子之哭也，壹似重有憂者？」而曰：「然。昔者吾舅死於虎，吾夫又死焉，今吾子又死焉。」夫子曰：「何爲不去也？」曰：「無苛政。」夫子曰：「小子識之：苛政猛於虎也！」

釋義

孔子行經泰山腳下，看到一名婦女趴在地上悲戚地哭泣，便讓子路上前詢問原因。婦女嗚嗚咽咽地告訴子路：「我公公被老虎吃了，我丈夫也死在老虎口中，如今我兒子又被老虎咬死，從此我一個人無依無靠了呀，才會一時悲從中來在此痛哭失聲。」孔子忍不住問道：「既然這裡虎患如此嚴重，那麼你們全家為何不早點離開這個地方？」婦女回答：「因為這裡沒有繁複的稅捐和各種勞役啊！」孔子點點頭嘆息著說：「你們一定要記住，沉重的稅捐和勞役對百姓而言，可是比老虎還厲害。」

錦囊小語

即使有惡虎當道，這名婦女仍堅持住在當地，這說明了人禍永遠比天災還可怕。懂得體恤民情的爲政者，若能減輕苛捐雜稅、體民所苦，必能深得民心。

先秦《戰國策》

美人掩鼻

魏王遺楚王美人，楚王說之，夫人鄭袖知王之說新人也，甚愛新人，衣服玩好擇其所喜而爲之，宮室臥具擇其所善而爲之，愛之甚於王，王曰：「婦人所以事夫者色也，而妬著其情也。今鄭袖知也寡人之說新人也，其愛之甚於寡人，此孝子之所以事親、忠臣之所以事君也。」鄭袖知王以已爲不妬也，固謂新人曰：「王愛子美矣。雖然，惡子之鼻。子爲見王，則必掩子鼻。」新人見王，固掩其鼻，王謂鄭袖曰：「夫新人見寡人，則掩其鼻何也？」鄭袖曰：「妾知也。」王曰：「雖惡必言之！」鄭袖曰：「其似惡聞君王之臭也。」王曰：「悍哉！」令劓之，無使逆命。

釋義

楚王的夫人鄭袖非常嫉妒楚王喜歡的一名美女。有天，鄭袖誠懇地對這位美女說：「大王非常喜歡妳，可是對妳的鼻子有點不滿意，以我在宮中多年經驗來看，建議妳下次見到大王時，盡可能以袖子遮住鼻子，這樣妳就可以長久地得到大王的寵愛了。」這位美女果真按照鄭袖的話去做，幾次之後，楚王問夫人：「為什麼這位美女最近見我的時候，總要遮住自己的鼻子？」鄭袖回答：「不久前，美女才跟我說很厭惡大王身上的臭味。」聽完這番話，楚王勃然大怒，當即下令割掉美女的鼻子。

錦囊小語

現實社會中人們出於善妒的本性，往往會不擇手段達遂私心。遇事時，還是冷靜思考利害關係如何，再決定進退與因應之道。人性之險，古今皆然，未曾稍改。

先秦《戰國策》

扁鵲見秦王

昔扁鵲見秦武王，武王示之病，扁鵲請除。左右曰：「君之病，在耳之前、目之下，除之未必已也，將使耳不聰、目不明。」君以告扁鵲。扁鵲怒而投其石，曰：「君與知之者謀之，而與不知者敗之。使此知秦國之政也，則君一舉而亡國矣！」

釋義

秦武王請來名醫扁鵲為自己看病。扁鵲診斷病情後準備著手治療，才剛離開，秦王身邊的侍從便紛紛進言：「大王的病在耳朵前面、眼睛下面，弄不好，眼睛可能會瞎、耳朵可能會聾。」秦王憂心忡忡地將這些說法轉告扁鵲，扁鵲氣憤地說：「大王和醫生商量治病的方法，卻與不懂醫術的人商量會破壞此次治療的方法。如果大王管理國家時也是這樣，只要有一次失誤，秦國將亡在旦夕。」

錦囊小語

侍從們不懂醫道卻冒充內行提出種種意見，難怪扁鵲要生氣。現代社會中，有很多情況乃專家才能做出決定，隔行如隔山，不能隨意道聽塗說，否則將會一失足而後悔莫及。

先秦《戰國策》

虎怒斷足

人有置系蹄者而得虎。虎怒，決蹯而去。虎之情，非不愛其蹯也，然而不以環寸之蹯，害七尺之軀者，權也。

釋義

山間小路上，老虎不慎踏進獵人設置的索套，掙扎許久，都沒辦法讓自己的腳掌從索套中解脫出來。眼見獵人一步步逼近，老虎一怒之下，奮力掙斷了這隻被套住的腳掌，忍痛離開這危機四伏的危險地帶。

錦囊小語

老虎捨一足而保全性命，牠是聰明的。雖犧牲了局部利益，但保存了整體利益，這是權宜之策，做重大決定時應當如此思考。

社鼠

先秦《晏子春秋》／晏嬰

夫社，束木而塗之，鼠因往托焉。熏之則恐燒其木，灌之則恐敗起塗。此鼠之不可得殺者，以社故也。

釋義

齊景公和晏子探討治國方略，晏子認為首先要除去土地廟中的老鼠，齊景公不解晏子所說，晏子解釋道：「土地廟是由木頭建造的，木頭柱子由泥巴塗抹而成為牆壁，因此只要裡面有老鼠，麻煩就來了。用煙火燻怕燒到木頭，用水灌則怕壞了牆壁，左右為難之下，老鼠是不可能消滅的。國君寵信的近臣、侍從就類似土地廟中的老鼠，他們對內蒙蔽國君，對外欺壓百姓，不除掉他們，國家有可能會被攪亂；而要除去他們又很難，因為他們往往會得到國君所給予的保護和赦免。」

錦囊小語

事情的敗壞往往從一些細小處開始。最親近的人事物，我們絕少意識到要加以防範，但所謂見微知著、防微杜漸，意義正是在此。

先秦《戰國策》

狐假虎威

虎求百獸而食之，得狐。狐曰：「子無敢食我也！天帝使我長百獸。今子食我，是逆天帝之命也！子以我爲不信，吾爲子先行，子隨我後，觀百獸之見我而敢不走乎？」虎以爲然，故遂與之行。獸見之皆走。虎不知獸畏己而走也，以爲畏狐也。

釋義

狐狸被老虎抓到後，心想，遇見這蠻不講理的山大王，要想活命，只有用冒險的方法才可能活下來，便壯起膽子對老虎說：「天帝任命我為群獸的領袖，你要是吃了我，這可是違背天帝的旨意，你就得接受上天的處罰。如果不相信，可以跟在我後面到樹林走一趟，看看其他野獸怕不怕我。」老虎被狐狸的大話弄得半信半疑，於是跟著牠進了樹林。看到群獸對狐狸避之唯恐不及地紛紛逃命，老虎終於信了狐狸的話，畢恭畢敬地將狐狸送走。

錦囊小語

社會上常有這樣的人，借助他人之勢，逞自己威風，這當然只是一時的假象。我們要懂得從細微處冷靜觀察，以免被這種人耍得團團轉。

先秦《莊子》／莊周

防凍瘡之藥

宋人有善爲不龜手之藥者，世世以洴澼絖爲事。客聞之，請買其方百金。聚族而謀曰：「我世世爲洴澼絖，不過數金，今一朝而鬻技百金，請與之。」客得之，以說吳王。越有難，吳王使之將，冬，與越人水戰，大敗越人，裂地而封之。能不龜手一也，或以封，或不免於洴澼絖，則所用之異也。

釋義

先秦時期，宋國有個家族善於製造讓手腳免於凍瘡皸裂的藥，且世世代代都以漂洗衣物為業。有位商人聽聞此事，便出一百兩金子要買這個祕方。家人討論之後，認為他們世世代代以洗衣為業，無論如何都無法賺到一百兩金子，便將這種藥賣給了商人，商人得到祕方後便遊說吳王發動戰爭。在一次冬天發起的吳越戰爭中，由於吳國的士兵都抹了這種藥，不怕寒冷的氣候與水戰，便一舉擊滅越國贏得勝利，吳王論功行賞，商人因此得到一大塊封地與爵祿。

錦囊小語

同樣一件事物，應用之道不同，便能發揮極為不同的效益。人才更是如此，放對位置才可能施展最大能力，而有傑出表現。

先秦《戰國策》

求千里馬

古之君人，有以千金求千里馬者，三年不能得。涓人言於君曰：「請求之。」君遣之。三月得千里馬，馬已死，買其首五百金，反以報君。君大怒曰：「所求者生馬，安事死馬而捐五百金！」涓人對曰：「死馬且買之五百金，況生馬乎？天下必以王爲能市馬。馬今至矣。」於是不能期年，千里之馬至者三。

釋義

燕國國君希望擁有一匹千里馬，出價一千兩黃金，可是花了三年的時間依然不可得。他身邊有位侍從毛遂自薦擔任買馬任務，三個月後以五百兩黃金買了一顆死去的千里馬腦袋，並帶回燕國來。燕君對此大為惱怒，內侍卻說：「買死馬的腦袋您尚且願意花五百兩金子，這會兒天下人肯定都相信大王你的確願意出重金買千里馬，大王擁有千里馬的心願很快就可以實現了。」果然之後不到一年，就有三匹千里馬來到燕君的身邊了。

錦囊小語

古云：「重賞之下，必有勇夫。」求才若渴的主事者以此爲誘因，禮遇人才並知人善任，將不愁無人才可用。

先秦《韓非子》／韓非

西門豹治鄴

西門豹爲鄴令，清剋潔慤，秋毫之端無私利也，而甚簡左右，左右因相與比周而惡之。居朝年上計，君收其璽，豹自請曰：「臣昔者不知所以治鄴，今臣得矣，願請璽復以治鄴，不當請伏斧鑕之罪。」文侯不忍而復與之，豹因重斂百姓，急事左右。期年上計，文侯迎而拜之，豹對曰：「往年臣爲君治鄴而君奪臣璽，今臣爲左右治鄴而君拜臣，臣不能治矣。」遂納璽而去，文侯不受曰：「寡人曩不知子，今知矣，願子勉爲寡人治之！」遂不受。

釋義

魏文侯任命西門豹擔任鄴地行政長官，西門豹上任後清廉勤儉，卻對魏文侯身旁的侍臣十分怠慢。這些人不斷向魏文侯進讒言，過了一年，魏文侯便免去西門豹的官職，西門豹以性命相抵，要求再試一年。新的一年中，西門豹在鄴地橫徵暴斂，刻意奉承魏文侯的侍臣，結果竟得到魏文侯的嘉獎和讚許。在這種情況下，西門豹求見魏文侯，要求辭去職務，理由是第一年為魏文侯做官，結果卻要被免職；第二年替魏文侯的左右做官，結果卻得到嘉許。魏文侯幡然醒悟，誠懇請求西門豹為自己分憂，再多管理鄴地幾年。

錦囊小語

主政者要想讓國家利益不受損害，就必須懂得分辨是非，避免讓阿諛讒言迷惑自己，而使忠臣良士掛冠而去。

先秦《莊子》／莊周

匠石運斤

郢人堊慢其鼻端，若蠅翼，使匠石斲之。匠石運斤成風，聽而斲之，盡堊而鼻不傷，郢人立不失容。宋元君聞之，召匠石，曰：「嘗試爲寡人爲之。」匠石曰：「臣則嘗能斲之；雖然，臣之質死久矣。」

釋義

楚國的京城郢都，有個人在自己鼻尖上抹了一層薄薄的石灰，讓一位石匠拿著斧頭砍下石灰。石匠舉起帶著呼呼風聲的斧頭一砍而下，結果石灰被砍下了，鼻子絲毫未受傷，那人一動也不動，眼睛連瞇一下也沒有。宋元君聽說這件事後，請石匠為自己表演一次，石匠回答：「我曾經辦得到，但能和我配合的人現已不在，所以無法施展這項技藝。」

錦囊小語

成功要有機緣，有時關鍵就在是否有賞識你的人。有英雄氣概的人還需有英雄識見的人相陪，否則空有一身本領，卻無施展抱負之處，亦令人感嘆伯樂難尋。

先秦《戰國策》

鷸蚌相爭

蚌方出曝，而鷸啄其肉。蚌合而拑其喙。鷸曰：「今日不雨，明日不雨，即有死蚌。」蚌亦謂鷸曰：「今日不出，明日不出，即有死鷸。」兩者不肯相舍，漁者得而並擒之。

釋義

一隻鷸鳥看見一只河蚌在水邊張開蚌殼曬太陽，連忙飛過去想啄食蚌殼裡的肉，不料卻被河蚌緊緊夾住。鷸鳥咒罵道：「今天不下雨，明天不下雨，就可以看到一個死河蚌。」河蚌回嘴：「今天不開口，明天不開口，河邊就多一隻死鷸鳥。」兩造互不相讓，誰也不肯鬆開。有位漁翁看到糾纏在一起的鷸蚌，順手將牠們一塊兒扔進了自己的魚簍。

錦囊小語

「鷸蚌相爭，漁翁得利」這故事每個人都知道。做任何事，正當我們拚得你死我活之際，或可靜下心來想想最終的利害歸屬，否則雙雙覆滅就什麼也得不到了。

宋《蘇軾文集》／蘇軾

黠鼠

蘇子夜坐，有鼠方嚙，拊床而止之。既止復作，使童子燭之，有橐中空，嘐嘐聱聱，聲在橐中。曰：「嘻！此鼠之見閉而不得去者也。」發而視之，寂無所有，舉燭而索，中有死鼠。童子驚曰：「是方嚙也，而遽死耶？向爲何聲，豈其鬼耶？」覆而出之，墮地而走。雖有敏者，莫措其手。蘇子嘆曰：「異哉！是鼠之黠也。」

釋義

一晚，蘇東坡在房中打坐練功時，聽見屋裡有老鼠的咀嚼聲，拍一下床板，聲音就停下，過了一會兒，聲音又響起。心煩意亂之下，便讓侍童點亮蠟燭，原來聲音來自一個空布袋，老鼠困在裡面因而啃噬不已。侍童打開布袋，袋裡空空如也，只見一隻老鼠僵直地躺在袋裡，已經死去。侍童訝異於這隻老鼠竟這麼快就死去，便順手將死老鼠倒出。豈料老鼠屍體才剛落地，便倏地活了過來，轉眼間便跑得不見蹤影。那份敏捷，著實讓蘇東坡驚訝不已。

錦囊小語

懂得以機警的應變技巧使自己脫離危險，即便狡猾了點，但至少能保命，也沒有對任何人造成傷害，在現實社會中不啻爲生存之道。

先秦《墨子》／墨翟

楚王好細腰

昔者，楚靈王好士細腰。故靈王之臣，皆以一飯爲節，脅息然後帶，扶牆然後起。比期年，朝有黧黑之色。

釋義

楚國國君非常喜歡腰身纖細的臣子，於是大臣為了討好他，都拚命控制自己的飯量，甚至每天只吃一頓飯。繫衣帶之前都要長吸一口氣，而後才束緊腰帶，這樣一來往往得扶著牆壁才能站起身子。一年之後，滿朝文武都因節制飲食而變得枯黑瘦弱，不堪入目。

錦囊小語

屈意迎合別人而沒有自我，只能隨世浮沉，活得既不坦率，也無法眞正地擁有快樂。

先秦《韓非子》／韓非

進退兩難

延陵卓子乘蒼龍與翟文之乘，前則有錯飾，后則有利錣策，進則引之，退則策之。馬前不得進，后不得退，遂避而逸，因下抽刀而刎其腳。

釋義

延陵卓子趕著馬車出遊，在馬勒口上裝了鋒利的針刺，馬如果向前走得不符延陵卓子的意思，他就用力將韁繩往後拉。馬被針刺痛得連連後退，他又用鞭子使勁抽。這下令馬兒進退不得，只好亂蹦亂跳，以避苦楚。延陵卓子見馬兒不聽指揮，大為光火，跳下車，抽刀砍斷馬腿，悻悻然步行而歸。

錦囊小語

延陵卓子不給馬兒任何進退餘地，不僅愚蠢，更是傷害動物之舉。在領導管理方面，懂得適度給予部屬發揮的空間，才是明智之舉。

先秦《韓非子》／韓非

買玉

宋之富賈有監止子者，與人爭買百金之璞玉，因佯失而毀之，負其百金，而理其毀瑕，得千溢焉。事有舉之而有敗，而賢其毋舉之者負之時也。

釋義

宋國有位名叫監止子的富賈，與人爭買一塊價值百金的璞玉。他故意假裝摔倒，致使那塊璞玉摔出一個小瑕疵，於是賠償主人一百金而把璞玉拿走。事後，他用研磨技術將璞玉的瑕疵磨掉，而成一塊很高級的玉，賣了千兩黃金之多。

錦囊小語

無商不奸。有些人擅長汲汲營營，深具生意眼光，這份展望全局的能耐，是天賦夙慧使然，更需經驗的積累。

婦人之仁

先秦《韓非子》／韓非

魏惠王謂卜皮曰：「子聞寡人之聲聞，亦何如焉？」對曰：「臣聞王之慈惠也。」王欣然喜曰：「然則功且安至？」對曰：「王之功至於亡。」王曰：「慈惠行善也，行之而亡何也？」卜皮對曰：「夫慈者不忍，而惠者好與也；不忍則不誅有過，好與則不待有功而賞。有過不罪，無功受賞，雖亡不亦可乎！」

釋義

梁惠王問臣子卜皮：「賢卿知不知道外面的百姓對我的批評如何？」卜皮回答：「臣很早就聽到人民都說主公恩慈仁厚。」梁惠王聽了很高興，說：「那麼寡人將會有什麼樣的功業出現呢？」卜皮回答：「主公將要出現的功業就是亡國！」梁惠王大吃一驚地說：「所謂慈祥仁厚就是指多行善政，行善政居然會亡國，這是什麼道理？」卜皮回答：「所謂的慈祥就是不忍人之心，所謂的仁厚就是施予之心，因著不忍心就不會懲殺犯法的臣民，而好施予便會賞賜那些無功的臣民。有罪而不罰，無功而受祿，亡國不是很應該嗎？」

錦囊小語

主事者要有一定的魄力，錯將婦人之仁用在管理之上，必將刑罰不明，人民或員工無所適從，弊端便會產生，嚴重者亡國或倒閉自不在話下。

捕鼠之貓

明《郁離子》／劉基

趙人患鼠，乞貓於山中，中山人予之。貓善撲鼠及雞。月餘，鼠盡而其雞亦盡。其子患之，告其父曰：「盍去諸？」其父曰：「是非若所知也。吾之患在鼠，不在乎無雞。夫有鼠，則竊吾食，毀吾衣，穿吾垣墉，壞傷吾器用，吾將饑寒焉。不病於無雞乎，無雞者，弗食雞則已耳，去饑寒猶遠；若之何而去夫貓也！」

釋義

有位越國人為了捕鼠，特地弄回一隻善於捕老鼠的貓。這隻貓善於捕鼠，也喜歡吃雞，結果此人家中的老鼠儘管被捕光了，但雞也所剩無幾。兒子想把這隻吃雞的貓弄走，做父親的卻說：「禍害我們家的是老鼠不是雞，老鼠偷我們的食物，咬壞我們的衣物，挖穿我們的牆壁，損害我們的家具，不除掉牠們，我們必將挨餓受凍，所以必除之。但沒有雞，大不了別吃罷了，離挨餓受凍還遠著哩！」

錦囊小語

有時我們爲了排除危險，不得不被迫接受另一種危害，所謂兩害相權取其輕。當不幸存在著兩種危害時要懂得分出輕重，當機立斷將損失減到最低。

為人處世篇

先秦《莊子》／莊周

驕者必敗

吳王浮於江，登乎狙之山。眾狙見之，恂然棄而走，逃於深蓁。有一狙焉，委蛇攫搔，見巧乎王。王射之，敏給搏捷矢。王命相者趨射之，狙執死。王顧謂其友顏不疑曰：「之狙也，伐其巧，恃其便以敖予，以至此殛也。戒之哉！」

釋義

吳王坐船渡江，到了一座滿是獼猴的山。群猴看見吳王嚇得逃跑，直跑到荊棘滿布的深山叢林裡去，只剩一隻從容不迫地在地上爬，似乎在表演很多技巧給吳王看。當時，吳王拿起弓箭朝牠射去，這隻猴子竟將箭給接住，吳王便叫隨從侍臣來幫忙射，那獼猴遂被射死了，吳王回過頭對好友顏不疑說：「這隻猴子自以為聰明，想向我誇耀牠敏捷的身手，結果卻被一箭射中而喪命，這足可使人引以為誡。哎，總之一個人不可用自以為是的驕傲態度待人呀。」

錦囊小語

喜愛突顯自己才能、誇耀自己能力的人，儘管會有受人矚目的風光時刻，但一路走來嘗到的苦頭教訓也必然不少，處世還是內斂藏拙謙和些爲好。

先秦《戰國策》

江上處女

夫江上之處女，有家貧而無燭者。處女相與語，欲去之。家貧無燭者將去矣，謂處女曰：「妾以無燭，故常先至，掃室布席。何愛余明之照四壁？幸以賜妾，何妨於處女？妾自以有益於處女，何爲去我？」處女相語以爲然而留之。

釋義

從前有一群住在長江江畔的少女，和一個家中窮到連燭火都沒有的少女。窮人家的女孩常到這群少女的處所借光，她們對此很反感，決定趕她出去。出身貧寒的少女對她們說：「我為了借光，經常提早來替妳們打掃屋子、鋪好蓆子，妳們又何必捨不得這麼一點照在四面牆壁上多餘的光呢？讓我使用這點餘光，對妳們又沒有損害，既然對大家都好，又何必趕我走呢？」這群姑娘商量了一下，覺得很有道理，便一致同意讓她留下。

錦囊小語

與人相處應該多爲人留點餘地，自己從人家那邊得到了好處全然不提，反倒爲了些小事排斥人家。做人處世心胸勿太狹隘，互相包容與體諒十分要緊。

唐《柳宗元集》／柳宗元

蝜蝂傳

蝜蝂者，善負小蟲也。行遇物，輒持取，卬其首負之。背愈重，雖困劇不止也。其背甚澀，物積因不散，卒躓仆不能起。人或憐之，爲去其負。苟能行，又持取如故。又好上高，極其力不止，至墜地死。

釋義

蝜蝂（讀作「負版」）是一種好負重物的小蟲，當牠在路上爬行時遇到東西，總會將東西抓起，抬起頭來使勁地揹著；背負的東西便越來越重，雖已到達極限，還是不停地將東西往背上堆。由於蝜蝂的背並不光滑，東西堆上去之後不會掉落，最後便被重量壓得跌倒在地而不能起。人們見牠可憐便將其背上的東西除去，可是一旦又能爬行，牠就又跟先前一樣，不顧一切地揹上東西。這種小蟲還喜歡往高處爬，耗盡了力氣也不停止，直到掉落地面摔死為止。

錦囊小語

社會上有許多人如同小蟲蝜蝂，死命追求名與利，擁有了，還要更多。人類名之爲「人」，心智竟如小蟲一般，豈不可悲！

逆旅二妻

先秦《韓非子》／韓非

楊子過於宋東之逆旅，有妾二人，其惡者貴，美者賤。楊子問其故，逆旅之父答曰：「美者自美，吾不知其美也；惡者自惡，吾不知其惡也。」楊子謂弟子曰：「行賢而去自賢之心，焉往而不美！」

釋義

楊朱和弟子在宋國邊境的一間小客棧休息，發現店主的兩個老婆長相與地位相差極大，忍不住向店主請教是何原因。主人回答：「長得漂亮的，自以為漂亮所以舉止傲慢，可是我卻不認為她漂亮，所以我讓她幹粗活；另一個認為自己不美，凡事都很謙虛，我卻不認為她醜，所以就讓她管錢財。」楊朱聽完後，轉身對弟子們說：「能把本分做好，並除去自我驕矜的心態，不管去到任何地方，都是受歡迎的。」

錦囊小語

一個人外在相貌的美醜不足以做爲評估其實力的判準，還是要多多細心觀察，才能洞見內裡的眞章。

先秦《孟子》／孟軻

驕其妻妾

齊人有一妻一妾而處室者，其良人出，則必饜酒肉而後反。其妻問所與飲食者，則盡富貴也。其妻告其妾曰：「良人出，則必饜酒肉而後反。問其與飲食者，盡富貴也；而未嘗有顯者來。吾將瞯良人之所之也。」蚤起，施從良人之所之。徧國中無與立談者。卒之東郭墦閒之祭者，乞其餘；不足，又顧而之他—此其爲饜足之道也！其妻歸，告其妾曰：「良人者，所仰望而終身也。今若此！」與其妾訕其良人，而相泣於中庭；而良人未之知也，施施從外來，驕其妻妾。

由君子觀之，則人之所以求富貴利達者，其妻妾不羞也而不相泣者，幾希矣！

釋義

有個齊國人整天對自己的一大一小老婆吹噓，說自己的朋友是城裡的富翁。做妻子的見丈夫總是酒足飯飽地回來，但家中卻從未有過體面的人來訪，久而久之不禁對丈夫的言行感到懷疑。她想看看丈夫的朋友是什麼樣的人，於是尾隨丈夫來到城外的墓地，卻看到他向奠祭的喪家乞討剩下的酒飯，這才明白丈夫何以總能酒足飯飽。回到家，妻妾相對而泣，後悔跟了這個沒出息的傢伙，而這位做丈夫的還不知道自己的妻妾已曉得此事，依然得意地在她們面前耀武揚威。

錦囊小語

無恥之徒就是會做出無恥的行爲。一個手腳健全的人竟做出如此低賤的乞討行徑，人生在世當勤勉向上，闖出一番作爲來，豈可淪落至此！

先秦《莊子》／莊周

曹商使秦

宋人有曹商者，爲宋王使秦。其往也，得車數乘；王說之，益車百乘。反於宋，見莊子曰：「夫處窮閭阨巷，困窘織屨，槁項黃馘者，商之所短也；一悟萬乘之主而從車百乘者，商之所長也。」莊子曰：「秦王有病召醫，破廟潰痤者得車一乘，舐痔者得車五乘，所治愈下，得車愈多，子豈治其痔邪，何得車之多也？子行矣！」

釋義

宋人曹商出使秦國，出使的時候，僅有宋國配給的幾輛馬車；由於奉承秦王得宜，返回時，已擁有秦王贈送的一百輛車子。曹商滿臉得意地去見莊子，並誇耀地說：「能說服大國君王，不辱本國君王的使命，跟隨的馬車有百輛之多，這是我的長處。」莊子聽後便說：「我聽說秦王召見醫生為他治病，凡是能夠做到用舌頭舔痔疤的，就可以得到五輛馬車以為酬勞。治病的患部越骯髒，得到的馬車也就越多，你如果不是替秦王舔痔疤，怎可能得到這麼多馬車呢？你還是快快請回吧。」

錦囊小語

出使大國而不辱使命的方法很多，如晏子即是一位成功的外交家。而曹商爲達到目的不擇手段，趨炎附勢得到了豐厚的賞賜，這個人也沒什麼節操可言了。

先秦《呂氏春秋》／呂不韋

掩耳盜鐘

范氏之亡也，百姓有得鐘者。欲負而走，則鐘大不可負。以椎毀之，鐘況然有音。恐人聞之而奪己也，遽掩其耳。

釋義

晉國大夫范氏因爭奪權勢失利，倉皇出逃，家產繼而被百姓和仇敵搶劫一空。有個百姓在范氏的廢墟找到了一口鐘，剛開始，他想把鐘揹回家，但鐘太大揹不動，只好把鐘砸碎帶走。才剛以捶子敲了一下，大鐘便嗡嗡作響，他擔心鐘聲會引來他人搶奪，急忙用手捂住自己的耳朵，以防鐘聲傳了出去。

錦囊小語

做任何決定時，未經全盤思索，只從自己狹隘的見解著眼，無異於這名掩耳盜鐘的偷兒，終將因愚不可及的後果而付出代價。

先秦《韓非子》／韓非

病入膏肓

扁鵲見蔡桓公，立有間，扁鵲曰：「君有疾在腠理，不治將恐深。」桓侯曰：「寡人無。」扁鵲出，桓侯曰：「醫之好治不病以為功。」居十日，扁鵲復見曰：「君之病在肌膚，不治將益深。」桓侯不應。扁鵲出，桓侯又不悅。居十日，扁鵲復見曰：「君之病在腸胃，不治將益深。」桓侯又不應。扁鵲出，桓侯又不悅。居十日，扁鵲望桓侯而還走。桓侯故使人問之。扁鵲曰：「疾在腠理，湯熨之所及也；在肌膚，鍼石之所及也；在腸胃，火齊之所及也；在骨髓，司命之所屬，無奈何也。今在骨髓，臣是以無請也。」居五日，桓公體痛，使人索扁鵲，已逃秦矣。桓侯遂死。故良醫之治病也，攻之於腠理，此皆爭之於小者也。夫事之禍福亦有腠理之地，故曰：「聖人早從事焉。」

釋義

扁鵲去晉見蔡桓公，在旁站了一會兒，扁鵲道：「主公如今有病在皮膚下，若不醫治，病情恐怕會加重。」桓公說：「我沒有病痛呀。」扁鵲退下後，桓公說：「醫生喜愛醫治沒病的人，以顯示自己的醫術高超。」過了十天，扁鵲又去見蔡桓公，說：「君王的病已經蔓延到肌肉了，再不醫治，病情會越加嚴重。」等扁鵲出去之後，桓公很不高興。十天後，扁鵲又去謁見蔡桓公，說：「主公的病已經蔓延至腸胃了，再不醫治恐怕會越加嚴重。」桓公依舊不理睬，扁鵲一出去，他依然十分不高興。十天又過，扁鵲一見蔡桓公，轉頭便走，桓公還特意找人問他何以如此，扁鵲說：「人的病痛若在皮膚之中，用湯藥洗敷，藥效可達；病痛在肌肉中，扎針的功效可達；病痛在腸胃中，服湯藥的力量也可治療；但若在骨髓中，那就歸司命所管，我也無可奈何。今天，君王的病痛已深入骨髓，因此我不敢再要求為他治病。」過了五天，桓公渾身疼痛，叫人去找扁鵲時，他已逃往秦國了。

錦囊小語

事情的禍福常有徵兆，不經意的小錯，在日積月累之下很容易便鑄成大錯。因此，於事物未發之時多加防範，才是正確因應之道。

海鷗

先秦《列子》／列禦寇

海上之人有好漚鳥者，每旦之海上，從漚鳥游，漚鳥之至者百住而不止。其父曰：「吾聞漚鳥，皆從汝游，汝取來，吾玩之。」明日之海上，漚鳥舞而不下也。

釋義

海邊有個人非常喜歡海鷗，每天早上都到海邊和海鷗一起玩。海鷗成群結隊地飛來，有好幾百隻之多。父親對他說：「我聽說海鷗都愛和你一起玩，你趁機抓幾隻來讓我玩玩。」隔天到了海邊，海鷗全在空中盤旋，沒有一隻肯飛下來。

錦囊小語

海鷗之所以不肯飛下來，無疑是因爲那人已心存歹念。我們應當永遠以誠待人，以善意與人相處，如此一來，人與人之間就不會有這麼多機巧騙詐的事發生了。

漢《新序》／劉向

埋兩頭蛇

孫叔敖爲嬰兒之時，出遊，見兩頭蛇，殺而埋之；歸而泣。其母問其故，叔敖對曰：「聞見兩頭之蛇者死，嚮者吾見之，恐去母而死也。」其母曰：「蛇今安在？」曰：「恐他人又見，殺而埋之矣。」其母曰：「吾聞有陰德者，天報之福，汝不死也。」及長，爲楚令尹，未治而國人信其仁也。

釋義

童年時代的孫叔敖，在山中看到兩頭蛇便用石頭砸死牠，還挖個洞埋起來。回到家，忍不住哭了起來，母親問他為什麼哭：「我聽説凡是看見兩頭蛇的人，很快就會死去，我剛剛看見兩頭蛇，我怕我活不成了。」母親又問他：「兩頭蛇如今在什麼地方？」孫叔敖説：「我怕別人看見也會遭遇不幸，就把牠殺死埋起來了。」母親欣慰地説：「我聽説暗中做好事而又不願聲張的人，上天會保佑他，你不用害怕，上天不會讓你死去的。」長大之後，孫叔敖才剛被任命為楚國的宰相，還未赴任，楚國的百姓便都堅信新丞相將是個寬厚仁慈的人。

錦囊小語

孫叔敖棒打兩頭蛇，替大家除去不祥之物；這是好事，上天怎會害他呢？面對凶險時仍不忘為他人著想，這種品德十分可貴，很值得深思效法。

漢《史記》

指鹿為馬

趙高欲爲亂，恐群臣不聽，乃先設驗。持鹿獻於二世，曰：「馬也。」二世笑曰：「丞相誤耶？謂鹿爲馬。」問左右。左右或默；或言馬以阿順趙高；或言鹿者，高因陰中諸言鹿者以法。

釋義

秦朝丞相趙高想要作亂，但擔心群臣不聽他的話，於是駕著一輛鹿車，跟隨秦二世一起走。秦二世問道：「丞相駕車為什麼要用鹿？」趙高驚訝地說：「陛下，這是馬不是鹿！」秦二世認為趙高弄錯了，趙高爭辯：「如果陛下說我錯了，不妨問一下周圍的大臣。」在場的大臣一半說是鹿，另一半說是馬，面對這個答案，秦二世也無法肯定自己的看法是否正確了。

錦囊小語

其實哪會有誰分不清鹿與馬呢？那些說是鹿的人是因爲屈服於淫威才這麼說，但秦二世竟然也被蒙蔽，分不清是非黑白，爲政者實在不應如此呀！

東施效顰

《莊子》／莊周

西施病心而顰其里。其里之醜人，見而美之，歸亦捧心而顰其里。其里之富人見之，堅閉門而不出；貧人見之，挈妻子而去之走。彼知顰美，而不顰之所以美。

釋義

美女西施害了心痛病，她雙手捂著胸口，皺著眉頭，行經鄰居家門前。鄰居當中有個很醜的女子名為東施，她覺得西施按胸皺眉的樣子很美，之後也學著以雙手捂住胸口，在鄰里面前皺起眉頭。鄰里的人見到她，不是趕緊關上大門，就是領著老婆、孩子躲得遠遠的。

錦囊小語

每個人都有自己的特點，該努力將自己的特色表現出來才是；況且，也沒有必要去模仿別人，尤其當你並不具備別人所擁有的條件時。

曲突徙薪

漢《漢書》／班固

客有過主人者，見其灶直凸，傍有積薪，客謂主人，更爲曲凸，遠徙其薪，不者，且有火患。主人默然不應。俄而家果失火，鄰里共救火，幸而得息。於是殺牛置酒，謝其鄰人，灼爛者在於上行，餘各以功次座，而不錄言曲凸者。人謂主人曰：「嚮使聽客之言，不費牛酒，終亡火患。今論功而請賓，曲凸徙薪亡恩澤，焦頭爛額爲上客邪？」主人乃寤而請之。

釋義

有個人見朋友家中的煙囪砌得太直，又太靠近柴火，便提醒主人：「這兩種東西放在一起很危險，最好將煙囪改成彎的，柴火移到別處去，否則很容易發生火災。」不過，主人聽了並沒有接受這個建議。才過沒幾天，此人家中便發生了大火，幸虧鄰居幫忙才沒有造成更大的損失。感激之下便殺牛備酒，謝其鄰人，按照功勞大小一一酬謝，當中卻未包括那位建議他改變居家結構的朋友。旁人提醒他：「如果當初你聽了朋友的建議，不但不用酬謝大家，而且根本不會遭受損失。」主人省悟過來，連忙去謝這位朋友。

錦囊小語

防範於未然，這是一種從經驗累積出的智慧。生活中有許多細小徵兆，我們只要稍加注意便可化危機爲轉機，而不用在事後加以彌補，更遑論當一切爲時已晚。

州官放火

宋《老學庵筆記》／陸游

田登作郡，自諱其名。觸者必怒，吏卒多被榜笞。於是舉州皆謂「燈」爲「火」。上元放燈，吏人書榜揭於市曰：「本州依例放火三日。」

釋義

田登雖然只是一位太守，卻和皇帝有相同毛病，不允許別人說自己的名字。「登」這個字，連同音字例如「燈」都不允許，手下吏卒偶爾說了「燈」必會被重重地打板子。幾個月下來，成果非凡，州里百姓都將「登」、「燈」說成「火」。元宵節到了，照例要舉辦燈會，俗稱「放燈」。但現任地方官不允許用「燈」字，被打怕了的官吏，只好在告示上寫著「本州依例，放火三日」。

錦囊小語

這名爲政者忌諱百姓說出自己的名諱，還眞是可笑，讓個人的私心與意志凌駕政務之上。地方官應該是要照顧百姓，怎可在小事上玩弄文章，豈不本末倒置！

先秦《呂氏春秋》／呂不韋

目中無人

齊人有欲得金者，清旦，被衣冠，往鬻金者之所，見人操金，攫而奪之。吏搏而束縛之，問曰：「人皆在焉，子攫人之金，何故？」對吏曰：「殊不見人，徒見金耳！」

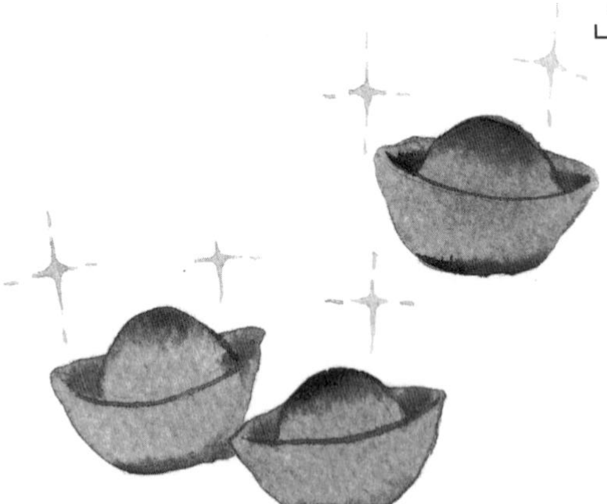

釋義

齊國有個人十分想得到金子。一天早上他穿好衣服，往賣金子的人走去。看人拿著金子，搶了就跑，於是被差役抓了起來，問：「人都在你眼前了，居然敢搶奪別人的金子，這是為什麼？」他回答差役：「我的眼中根本就沒見著人，只有金子呀！」

錦囊小語

迷失在黃澄澄的金子中，連這麼大的人都看不見，財迷心竅正是如此。想得到財富必須靠自己努力，怎可妄想原本即不屬於自己的財寶。

五十步笑百步

梁惠王曰：「寡人之於國也，盡心焉耳矣！河內凶，則移其民於河東，移其粟於河內。河東凶亦然。察鄰國之政，無如寡人之用心者。鄰國之民不加少，寡人之民不加多，何也？」孟子對曰：「王好戰，請以戰喻：填然鼓之，兵刃既接，棄甲曳兵而走，或百步而後止，或五十步而後止。以五十步笑百步，則何如？」曰：「不可，直不百步耳，是亦走也。」曰：「王知如此，則無望民之多於鄰國也。」

釋義

梁惠王認為自己當政理國已盡了全部心力，應遠勝鄰國才對，卻不見鄰國的人民減少、梁國的人數增加。他向孟子詢問原因，孟子回答：「兩國交戰時，戰鼓一響，兵刃相交，就會有士兵丟棄盔甲逃跑。有的跑了一百步，有的跑了五十步，如果跑了五十步的恥笑跑一百步的，大王你以為如何？」梁惠王回答：「這怎麼可以？他只不過是還沒跑到百步那麼遠，和跑了一百步的人同樣是逃跑。」孟子便說：「如果大王懂得這個道理，就別想指望你的百姓會比鄰國多！」

錦囊小語

有時候我們並不比別人強多少，卻總抱怨人家得到的比我們多。其實應當自我反省，思索自己做事時的付出、方法與成效如何，才可能一天天更臻完善。

先秦《列子》／列禦寇

亡斧者

人有亡鐵者，意其鄰之子。視其行步，竊鐵也；顏色，竊鐵也；言語，竊鐵也。動作態度不無而不竊鐵也。俄而指其谷而得其鐵。他日，復見其鄰人之子，動作、態度無似竊鐵者。

釋義

有個人的斧頭遺失了，他開始懷疑是鄰居的兒子偷的。有了這種想法之後，無論從哪個角度看，鄰居的兒子都像是那個偷斧頭的人。過了一陣子，這人從自家的井裡找到了斧頭，從這以後，他再看著鄰居的兒子，無論走路、神色、說話、舉止，一絲一毫都沒有偷東西的模樣了。

錦囊小語

很多時候，人很容易受到自己主觀看法的誤導，尤其當發現局面對自己不利時，更不禁生出歪斜扭曲的猜忌，傷害誤解因而就此產生，不可不慎。

先秦《孟子》／孟軻

攘雞者

今有人日攘鄰之雞者，或告之曰：「是非君子之道。」曰：「請損之，月攘一雞，以待來年，而後已。」如知其非義，斯速已矣，何待來年？

釋義

曾經有這樣一個人，每天都要去偷鄰居的雞。有人告訴他：「這樣的行為，不符合君子之道。」那人回答：「那就減少一點好了，以後每月偷一隻雞，等到明年的時候，就完全不偷了。」

錦囊小語

已經知道是不對的行爲，就該立即停止才對。人非聖賢孰能無過，最重要的是，明白事理而後能改過不再犯，才是潔身自愛之道。

先秦《韓非子》／韓非

預留後路

衛人嫁其子而教之曰：「必私積聚！爲人婦而出，常也；其成居，幸也。」其子因私積聚。其姑以爲多私而出之。其子所以反者，倍其所以嫁。其父不自罪於教子非也，而自知其益富。今人臣之處官者，皆是類也。

釋義

有戶人家的女兒正準備出嫁，旁人勸告其父母：「你們的女兒出嫁後，不能肯定她會生下小孩，為了防範不能生孩子而被休妻，不妨將一些衣服財物藏在外面，以備不時之需。」做父母的認為有點道理，便囑咐女兒經常帶些東西回娘家。公婆知道後，非常生氣地說：「做我們家的媳婦卻有外心，這樣的媳婦留不得！」當即將女子休掉，讓她捲鋪蓋回家。

錦囊小語

已經成爲人家的妻子，卻總想著防範婆家，這樣的人當然得不到信任。爲人處世首重以誠相待，才能取信於人。

道見桑婦

先秦《列子》／列禦寇

晉文公出，會欲伐衛。公子鋤仰天而笑。公問何笑。曰：「臣笑鄰之人有送其妻適私家者，道見桑婦，悅而與言。然顧視其妻，亦有招之者矣。臣竊笑此也。」公寤其言，乃止，引師而還。未至，而有伐其北鄙者矣。

釋義

晉文公領兵出發，準備前去攻打衛國。公子鋤這時仰天大笑，晉文公問為何大笑，他說：「臣是笑我的鄰居啊！當他送妻子回娘家時，在路上碰到一個採桑的婦女，按捺不住就去和那位婦女搭訕。可是當他回頭看自己的妻子時，竟發現也有人正勾引著她。我正是為這件事而發笑呀！」晉文公聽了之後，領悟他所說的話，就打消了進攻衛國的念頭而班師回國，但還沒回到晉國，已聽說有敵人入侵了國土北方。

錦囊小語

我們在處理事情時，經常瞻前而不顧後，爲眼前的利益而忽略自身危險，因小失大正是如此。況且，攻打他國發動戰爭乃不義之行，多行不義必自斃。

先秦《韓非子》／韓非

楚王擊鼓

楚厲王有警，爲鼓以與百姓爲戍。飲酒醉，過而擊之也，民大驚，使人止之，曰：「吾醉而與左右戲，過擊之也。」民皆罷。居數月，有警，擊鼓而民不赴，乃更令明號而民信之。

釋義

為了防範敵國入侵，楚王和百姓約定一旦發生危急情況，以擊鼓為號，一起抵禦敵人的攻擊。有一次楚王喝醉了酒，拿起鼓槌亂敲一番，百姓紛紛前來保衛城池，楚王酒醒後趕緊派人安撫百姓。過了幾個月，真的發生警報，楚王擂鼓擂得震天價響，百姓卻當作沒聽見，誰也不來幫忙。萬般無奈之下，楚王只好與百姓另行約定，以重新得到百姓的支持。

錦囊小語

楚王的荒唐在於將重大事情視爲兒戲，無怪乎無法取信於百姓。「人無信則不立」，爲人處世的信用是自己的資產，若不能嚴謹以待，必遭極大損失。

南朝宋《世說新語》／劉義慶

煮豆燃萁

文帝嘗令東阿王七步作詩，不成者行大法。應聲便爲詩曰：「煮豆持作羹，漉菽以爲汁；萁在釜下燃，豆在釜中泣。本自同根生，相煎何太急！」帝深有慚色。

釋義

魏文帝曹丕和弟弟東阿王曹植在爭奪繼承王位時，結下了許多深仇。曹丕當上皇帝後，有一天將曹植找來，命令曹植在七步之內做出一首詩，如果做不出詩來，就是空有詩人之名，是欺騙皇上，必須處以死刑。曹丕才剛說完，曹植便邊走邊念詩句：「煮豆持作羹，漉菽以為汁。萁在釜下然，豆在釜中泣。本自同根生，相煎何太急！」曹丕聽完後，不禁對自己的所做所為感到慚愧，而前嫌盡釋。

錦囊小語

明明是血濃於水的手足，卻演變成互相猜忌。利益與親情孰輕孰重，端視個人道德良心的高度如何。

先秦《韓非子》／韓非

曾子殺豬

曾子之妻之市，其子隨之而泣。其母曰：「汝還，顧反為汝殺彘。」妻適市來，曾子欲捕彘殺之。妻止之曰：「特與嬰兒戲耳。」曾子曰：「嬰兒非與戲也。嬰兒非有知也，待父母而學者也，聽父母之教。今之欺之，是教子欺也。母欺子，子而不信其母，非所以成教也。」遂烹彘也。

釋義

曾子的妻子要去市集買東西，孩子卻纏著她不放，她哄著孩子說道：「如果你乖乖地待在家裡，回來後就殺豬，替你做些好吃的。」當她從市集回來時，見曾子將豬捆起準備殺掉，連忙制止丈夫：「我不過是哄哄小孩而已，你怎麼當真了！」曾子認真地對妻子說：「不可以和小孩開這種玩笑，孩子還太小不懂道理，全靠父母言傳身教。今天如果騙了他，那就是教他學會騙人，做父母的要是欺騙了孩子就再也得不到信任，以後想再教育他們就很難了。」說完這話，曾子就將豬給殺了。

錦囊小語

父母說話若不算數，孩子要以誰爲依歸榜樣呢？誠實是做人最基本的德行，與勇氣相輔相成，應時時提醒自己誠實，即便眞做錯了事也要有勇氣面對。

惻隱之心

先秦《韓非子》／韓非

孟孫獵得麑，使秦西巴持之歸，其母隨之而啼，秦西巴弗忍而與之，孟孫適至而求麑，答曰：「余弗忍而其母。」孟孫大怒逐之，居三月復召以爲子傅，其御曰：「曩將罪之，今召以爲子傅，何也？」孟孫曰：「夫人忍麑，又且忍吾子乎？」

釋義

孟孫去打獵時捕獲一隻小鹿，派家臣秦西巴將牠帶回家。一路上，母鹿一直跟在車後發出悲鳴，秦西巴於心不忍便將小鹿給放了。孟孫回家之後向秦西巴要小鹿，他回答：「我因為不忍心，就將小鹿還給母鹿了。」孟孫聽了十分生氣，將秦西巴趕出去，可是過了三個月又將秦西巴找回來，並讓他擔任自己兒子的老師。車夫問：「之前主公大發脾氣將秦西巴趕了出去，現在又把他找回來當公子的老師，這是什麼道理呢？」孟孫說：「秦西巴連一隻小鹿都不肯傷害，怎麼可能傷害我兒子呢？」

錦囊小語

一個擁有慈悲心的人，無論在何處都會受到肯定與尊重。若將慈悲心推己及人，更將形成一股善的大力量澤被社會。

先秦《韓非子》／韓非

惡人為鄰

有與悍者鄰，欲賣宅而避之，人曰：「是其貫將滿矣，子姑待之！」答曰：「吾恐其以我滿貫也。」遂去之。故曰：「物之幾者，非所靡也。」

釋義

有個人跟一名惡人為鄰，他想把房子賣掉以躲避這個惡人。人們便說：「他壞事做太多，就快要惡貫滿盈而自取滅亡，你不妨等待一段時日，不用急著搬走。」這人聽了之後便說：「我怕的，就是他以我來盈滿這個惡貫呀！」最後這人還是將房子賣掉搬走了，所以說：「事物一旦出現了徵兆就不要遲疑，趕緊做決定，以免招致災難！」

錦囊小語

當機立斷的好處，就是能夠趨吉避凶。在社會上，我們難免遇到各式各樣的人，要懂得細心觀察，以免除可能到來的災難。

生活學習篇

先秦《墨子》／墨翟

染絲

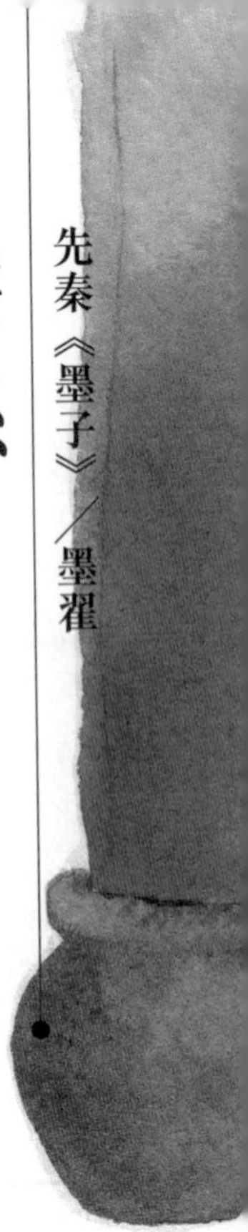

子墨子言見染絲者而嘆曰：「染於蒼則蒼，染於黃則黃。所入者變，其色亦變。五入必，而已則爲五色矣。故染不可不慎也。」非獨染絲然也，國亦有染。

釋義

墨子在路上看見有人在染絲，過了一會兒便感嘆道：「潔白的蠶絲放入青色的染缸中變成青色，放入黃色的染缸中則變成黃色。隨著染料不同，蠶絲的顏色也跟著改變，蠶絲染了五遍，它的顏色也變化了五次。因此染絲的過程中，不可不謹慎小心啊！」

錦囊小語

我們都在社會的大染缸生活著，所謂「近朱者赤，近墨者黑」，從小浸淫在有良師益友相互正面影響的環境中，才能健全地成長而不致誤入歧途。

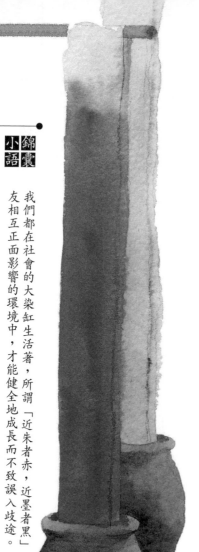

先秦《韓非子》／韓非

三人成虎

龐恭與太子質於邯鄲，謂魏王曰：「今一人言市有虎，王信之乎？」曰：「不信。」「二人言市有虎，王信之乎？」曰：「不信。」「三人言市有虎，王信之乎？」王曰：「寡人信之。」龐恭曰：「夫市之無虎也明矣，然而三人言而成虎。今邯鄲之去魏也遠於市，議臣者過於三人矣，願王察之矣！」王曰：「寡八自爲知。」於是辭行，而讒言先至。太子罷質，果不得見。

釋義

大臣龐恭接受了魏王的任命，隨太子到趙國都城邯鄲做人質。臨行前，他對魏王說：「如果有人對你說，市集上有隻老虎，你相信嗎？」魏王說：「不相信。」龐恭又問：「如果第二個人也這樣說呢？」魏王依然表示不信。龐恭又問：「如果第三個人還是這樣說呢？」魏王說：「大家都這麼說，看來事情是真的了。」龐恭說：「市集上原本就沒有老虎，只因第三個人說有，就容易使人相信，可見流言的厲害。邯鄲距離魏國比市集還要來得遠上許多，況且說我壞話的人又不只三個，因此有關我的流言，還懇請大王明察。」但幾年後，當龐恭從邯鄲返回，魏王卻已不想再見他了。

錦囊小語

這就是人言的可怕。聽到流言時，我們要冷靜地分辨，流言止於智者，這樣才不會受流言誤導而犯下大錯。

刻舟求劍

先秦《呂氏春秋》／呂不韋

楚人有涉江者，其劍自舟中墜於水，遽契其舟，曰：「是吾劍之所從墜。」舟止，從其所契者入水求之。

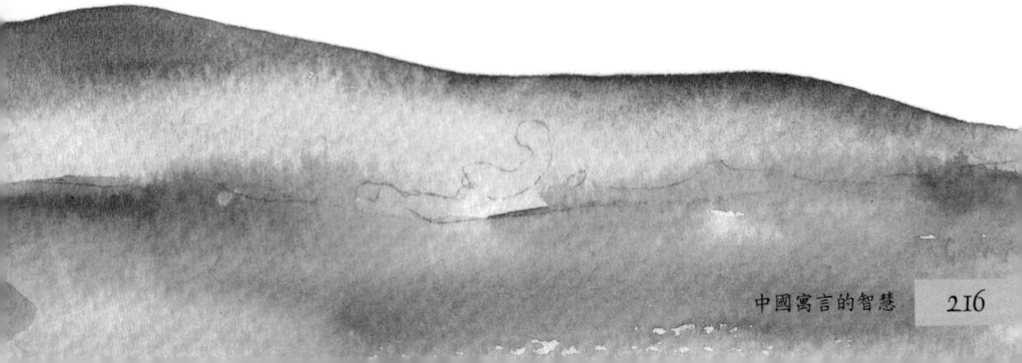

釋義

有個楚國人乘船渡江，佩帶在身上的寶劍忙亂中掉進了江水裡，這名楚國人急忙在寶劍掉落的船邊處刻下一個記號，連聲說：「我的寶劍就掉在這塊船板底下。」渡船一靠岸，楚國人循著船邊記號，連忙跳下水打撈失落的寶劍，但由於船隻早已移動了位置，寶劍因而始終沒能找到。

錦囊小語

船移而劍不移，從記號處尋劍，無疑是找不到的。這種不知變通的人，遇事往往事倍功半，無法收到成效。

先秦《韓非子》／韓非

郢書燕說

郢人有遺燕相國書者，夜書，火不明，因謂持燭者曰：「舉燭。」云而過書：「舉燭。」舉燭，非書意也。燕相受書而說之，曰：「舉燭者，尚明也；尚明也者，舉賢而任之。」燕相白王，王大悅，國以治。治則治矣，非書意也。今世舉學者多似此類。

釋義

楚國郢城有個人寫了封信給燕國宰相，由於是在夜間所寫，燈火不明，便對著拿燭火的人說「舉燭」，卻因此將這兩個字誤寫在信中，但其實「舉燭」並非要寫入的內容。燕國宰相接到此信十分高興地說：「所謂舉燭就是崇尚光明，而崇尚光明就是要舉用賢者而加以重用。」燕相便將此事上奏燕王，結果使國大治。燕國雖然治理有方，但「舉燭」二字並非信中本意，當今許多學者多半都是如此不求甚解。

錦囊小語

做事不求甚解，確實會造成許多誤會，儘管啓發了燕王善加治國，卻並非本意。穿鑿附會地解讀人心與文意，無法保證每次都會是美好的誤會，宜愼乎。

晉《柳宗元集》／柳宗元

哀溺者

永之氓咸善游，一日，水暴甚，有五六氓乘小船絕湘水。中濟，船破，皆游。其一氓盡力而不能尋常。其侶曰：「汝善游最也，今何後爲？」曰：「吾腰千錢，重，是以後。」曰：「何不去之？」不應，搖其首。有頃益怠。已濟者立岸上呼且號曰：「汝愚之甚，蔽之甚，身且死，何以貨爲？」又搖其首，遂溺死。

釋義

永州地處南方，那裡的百姓都很擅長游泳。夏季時節某天，河水暴漲，一起同行的五六人所乘渡船在河中翻覆沉了下去，大家只好游泳渡江；其中水性最好的那人，今天卻游得最慢，且明顯體力不支。同伴知道他腰間繫有許多錢財，因身子太重而游不動，便紛紛勸他把錢丟掉，保全性命要緊。不料，這人卻堅決拒絕，當大夥全都精疲力竭地游上了岸，只能眼睜睜看著這位嗜錢如命的同伴葬身河底。

錦囊小語

「人爲財死，鳥爲食亡」正是這名溺水之人的最佳寫照。水性最好的人最終卻溺死，生活中的金錢財寶還可以再賺取，生命卻總是脆弱得一去不回。

先秦《列子》／列禦寇

捕鳥放生

邯鄲之民，以正月之旦，獻鳩於簡子。簡子大悅，厚賞之。客問其故。簡子曰：「正旦放生，示有恩也。」客曰：「民知君之欲放之，竟而捕之，死者眾矣。君如欲生之，不若禁民勿捕。捕而放之，恩過不相補矣。」簡子曰：「然。」

釋義

趙國邯鄲人民，每月正月初一都會獻上斑鳩給趙簡子，趙簡子非常高興，一一獎賞人民。有位客卿問道：「為什麼要這樣做呢？」趙簡子回答：「如果在正月初一放生，就可以顯示出我的仁慈啊！」客卿說：「人們知道主公喜歡放生，於是競相捉捕斑鳩，很多鳥兒因而喪生。假若主公真有好生之德，那麼應該禁止人民捕捉斑鳩才對，要不然所做的功德還抵不上殺生的罪過啊！」趙簡子聽了覺得很有道理，便不再放生斑鳩了。

錦囊小語

行善應打從心底設身處地去做，沒有眞心實意，久了，這份徒具形式的別有用心只能貽笑大方，讓人懷疑其背後動機。

折箭

北齊《魏書》／魏收

阿豺有子二十人。……謂曰：「汝等各奉吾一支箭，折之地下。」俄而命母弟慕利延曰：「汝取一支箭折之。」慕利延折之。又曰：「汝取十九支箭折之。」延不能折。阿豺曰：「汝曹知否？單者易折，眾則難摧。戮力一心，然後社稷可固。」言終而死。

釋義

吐谷渾國王阿豺臨死前，將自己的二十個兒子叫到床前，各給他們一枝箭讓他們折斷，兒子們輕而易舉便將箭折斷。阿豺又命慕利延折斷一箭，也是輕而易舉地完成；阿豺命令慕利延將十九枝箭捆在一起，然後將它們折斷，慕利延卻無法辦到。阿豺對兒子們說：「你們和國家的命運，就如同剛剛所折的箭情形一樣。單獨一個，很容易被敵人消滅，團結在一起就能保住國家和你們的性命啊！」說完，阿豺就死了。

錦囊小語

個人的力量很有限，團結的力量大得多。唯有凝聚共識、放下小我之私，才能推動事情往前發展。

先秦《晏子春秋》／晏嬰

晏子使楚

晏子至，楚王賜晏子酒。酒酣，吏二人縛一人詣王。王曰：「縛者曷爲者也？」對曰：「齊人也，坐盜。」王視晏子曰：「齊人固善盜乎？」晏子避席對曰：「嬰聞之，桔生淮南則爲桔，生於淮北則爲枳。葉徒相似，其實味不同。所以然者何？水土異也。今民生長於齊不盜，入楚則盜，得無楚之水土使民善盜耶？」

釋義

楚王設宴招待齊國的使者晏子，為了羞辱晏子，刻意在筵席中安排兩個衙門差役押著一個犯人從宴會前經過。楚王故意派人問犯人所犯何罪，來自哪裡？衙役說此人是齊國人，犯的是偷盜罪。楚王轉過頭問晏子：「齊國人天生就喜歡偷東西嗎？」晏子站起來鄭重地回答：「我聽說橘子生長在淮河以南便是橘，如果生長在淮河以北，味道就變酸澀，稱之為枳；同樣的東西因身處環境的不同而有了差別。眼下，這齊國人在齊國並不偷竊，到了楚國卻有了偷竊習慣，是不是因為楚國的環境容易養成偷東西的習慣呢？」楚王笑著說：「智者果然是不能開玩笑的。」

錦囊小語

智者通常懂得隨機應變，並表現得從容不迫，這需要腹有詩書，擁有幽默感，多多遇事多多磨練，才能一次次完美應對。

相濡以沫

先秦《莊子》／莊周

泉涸，魚相與處於陸，相呴以濕，相濡以沫，不若相忘於江湖。

釋義

魚本來生活在泉水之中，一天，泉水乾涸，許多魚被困在陸地上，牠們於是相互吐出濕氣讓彼此濕潤，以吐出的唾沫沾濡彼此。這時的魚兒儘管是在互相幫助，倒不如彼此互不相識，各自在泉水中自由自在地活。

錦囊小語

人生在世，少不了遇到困難，最感動的是朋友能在我們跌倒時拉上一把。至於文中莊子所言「不若相忘於江湖」的境界，則又是另一番高遠的體悟。

杯弓蛇影

唐《晉書》／房玄齡

嘗有親客，久闊不復來，廣問其故，答曰：「前在坐，蒙賜酒，方欲飲，見杯中有蛇，意甚惡之，既飲而疾。」於時，河南聽事壁上有角，漆畫作蛇，廣意杯中蛇即角影也。復置酒於前處，謂客曰：「酒中復有所見不？」答曰：「所見如初。」廣乃告其所以。客豁然意解，沉痾頓癒。

釋義

樂廣有一位極為親密的好朋友，很久都沒來家中拜訪，樂廣問他為什麼，友人回答：「上次來你家作客，喝酒時見到杯中有條小蛇，心裡非常害怕，回到家後就生了一場大病到現在。」樂廣回家後仔細察看，發現牆壁上掛了一只射箭的弓，陰影倒映的位置正好在友人上次舉杯飲酒的地方。便再次請友人來訪，請他喝酒，酒杯中依然出現那條小蛇，樂廣於是告訴友人小蛇緣何而來，友人豁然瞭解原來是弓的倒影，大病便不藥而癒。

錦囊小語

生活中其實充滿類似的誤會，而後造成心理上莫大的負擔。心生疑惑時立刻提問，尋求解決之道，就不會疑神疑鬼，導致自己內心日漸生病。

和氏璧

楚人和氏得玉璞楚山中，奉而獻之厲王。厲王使玉人相之，玉人曰：「石也。」王以和爲誑，而刖其左足。及厲王薨，武王即位，和又奉其璞而獻之武王。武王使玉人相之，又曰：「石也。」王又以和爲誑，而刖其右足。武王薨，文王即位，和乃抱其璞而哭於楚山之下，三日三夜，泣盡而繼之以血。王聞之，使人問其故，曰：「天下之刖者多矣，子奚哭之悲也？」和曰：「吾非悲刖也，悲夫寶玉而題之以石，貞士而名之以誑，此吾所以悲也。」王乃使玉人理其璞而得寶焉，遂命曰：「和氏之璧」。

釋義

楚人卞和獻給楚厲王一塊含有寶玉的石頭，宮廷的玉匠卻說這是一塊普通的石頭，厲王認為卞和欺騙了他，便下令砍其左腳。後來武王繼位，卞和再獻上這塊寶玉，但又被鑑定成石頭，因此又被砍去右腳。文王繼位的消息傳來，卞和抱著這塊寶玉痛哭了三天三夜，直哭到眼淚哭盡、鮮血迸出。事情傳開後，文王派人前去詢問原因，卞和便說：「我是痛心美玉被當成頑石，坦蕩君子被視為騙子。」文王聽了之後要玉匠剖開石頭，果然得到一塊無瑕的美玉，於是將這價值連城的寶玉命名為和氏之璧。

錦囊小語

世上有許多事物的價值，一開始都不爲人所識，偉大的天才被當成庸才亦屢見不鮮。對於不熟悉的人事物，應以開放的胸懷看待，說不定會有意外收穫。

杞人憂天

先秦《列子》／列禦寇

杞國有人憂天地崩墜，身亡所寄，廢寢食者。又有憂彼之所憂者，因往曉之，曰：「天積氣耳，亡處亡氣，若屈伸呼吸，終日在天中行止，奈何憂崩墜乎？」其人曰：「天果積氣，日月星宿不當墜邪？」曉之者曰：「日月星宿，亦積氣中之有光耀者，只使墜亦不能有所中傷。」其人曰：「奈地壞何？」曉者曰：「地積塊耳。充塞四虛，亡處無塊，若躇步跐蹈，終日在地上行止，奈何憂其壞。」其人舍然大喜。曉之者亦舍然大喜。

釋義

杞國有個人整天擔心天塌地陷，煩惱著該住哪裡好，最後竟弄得寢食不安。有個關心他的人前去探訪，助他知曉天地之理，說道：「天是由積氣所構成的，而氣無所不在，因此我們生活中的舉手投足都是在大氣中進行的，為何你還要擔心天會塌下來呢？」杞人說：「即使天是由大氣所構成，但日月星辰也會掉下來。」勸解他的那人說：「日月星辰也只是從大氣發出的耀眼光環，倘若墜落也不會砸傷人。」杞人又說：「那麼地陷怎麼辦？」那人說：「地是由許多大土塊堆積而成的，充斥於南北四方之間，無處不有，我們經年累月在陸地上行走，隨意踩跳也不見它塌陷，為何還要擔心它崩陷呢？」杞人聽了這些話顯得很高興，勸他的那人見杞人想通了，也就放心地高興起來。

錦囊小語

太過憂心生活周遭的大小事，會讓自己活得綁手綁腳不舒坦，無法感受生而爲人的那份自由自在與獨立自主。

自相矛盾

先秦《韓非子》／韓非

楚人有鬻盾與矛者，譽之曰：「吾盾之堅，莫能陷也。」又譽其矛曰：「吾矛之利，於物無不陷也。」或曰：「以子之矛陷子之盾，何如？」其人弗能應也。夫不可陷之盾與無不陷之矛，不可同世而立。

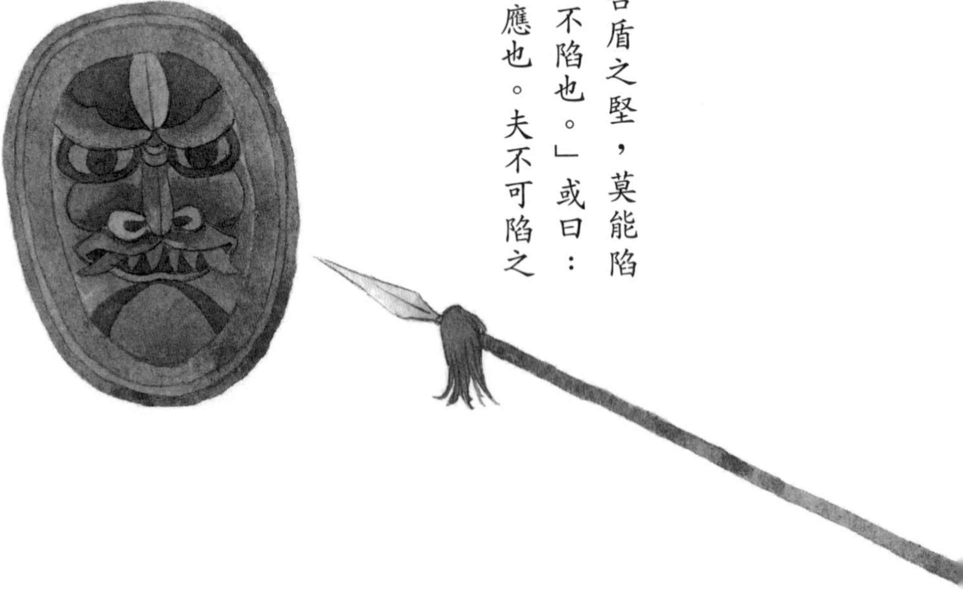

釋義

有個楚國人在市集上賣兵器，為了招徠生意，他舉起防守用的盾牌，大聲吆喝：「我的盾牌是這世上最堅硬的，沒有任何東西可以刺穿它！」過了一會兒，他又兜售起進攻用的長矛，大聲喝道：「看啊！我賣的矛是世上最鋒利的武器，沒有它刺不穿的東西。」旁邊的人忍不住問道：「如果用你的矛去刺你的盾，哪一個會贏呢？」聽完這話，楚國販子瞠目結舌，不知該如何回答。

錦囊小語

世上最鋒利的矛和最堅固的盾，兩者是不可能同時存在的，非要堅持說大話，只有陷入尷尬的地步，只能讓人質疑其可信度。

螳螂捕蟬

漢《韓詩外傳》／韓嬰

園中有榆，其上有蟬。蟬方奮翼悲鳴，欲飲清露，不知螳螂之在後，曲其頸，欲攫而食之也。螳螂方欲食蟬，而不知黃雀在後，欲啄而食之也。黃雀方欲食螳螂，不知童子挾彈丸在榆下，迎而欲彈之。童子方欲彈黃雀，不知前有深坑，後有掘株也。此皆貪前之利，而不顧後害者也。

釋義

楚國宰相孫叔敖得知，楚莊王準備帶兵攻打晉國、進諫者將一律處死的消息後，趕忙來到宮中，說了一件自家庭院發生的事：「我早上起來散步，看見樹上有隻蟬一邊叫，一邊正要喝露水。牠不知道自己背後有隻螳螂正準備將牠當成早餐，而螳螂沒有留意到背後有隻雀鳥正朝自己撲過來，而樹下拿著彈弓的小孩一心想打那隻雀鳥，卻沒見著樹下有個坑洞呀！」所以只見眼前利益，而不考慮其中隱藏的危機，不僅百姓會如此，就連貴為一國之君，也可能犯下這種錯誤啊！

錦囊小語

當我們急切地追求一個目標時，常常只顧著往前衝，而可能忽略四周潛藏的危險。行走於世當適時地停看聽，瞻前顧後，謹慎踏出每一步。

不死之道

先秦《列子》／列禦寇

昔人言有知不死之道者，燕君使人受之。不捷，而言者死。燕君甚怒其使者，將加誅焉。倖臣諫曰：「人所憂者莫急乎死，已所重者莫過乎生。彼自喪其生，安能令君不死也？」乃不誅。

釋義

燕王得知有個人掌握了長生不死的方法，趕忙派使者前去向他學習，但由於派去的人學得太慢，那名懂得長生不死的人不幸死掉了。燕王對派去的使者十分痛恨，想殺了他，侍臣進諫道：「害怕死亡和珍惜生命是人的本性，那位自稱懂得長生不死的人連自己的性命都沒保住，又怎麼可能使大王長生不死呢？」聽完這番話，燕王突然省悟過來，赦免了使者的罪過。

錦囊小語

許多傳言消息有如騙局，一旦愛恨或執著之心過於強大，置身其中很難不迷失自我。務必冷靜地以智慧善加分辨，才不會到頭來一場空。

先秦《韓非子》／韓非

卜妻為褲

鄭縣人卜子，使其妻爲拋。其妻問曰：「今袴何如？」夫曰：「像吾故袴。」妻因毀新令如故袴。

釋義

卜子要妻子為自己做一條新褲子，妻子問：「要做什麼樣子的？」卜子回答：「和舊的那條一樣。」妻子做好後拿來給卜子看，卜子目瞪口呆，不知該說些什麼。原來，卜子的妻子非常認真，在新褲子的一邊也挖了個窟窿，打上了補釘。

錦囊小語

只知墨守成規，不知變通，不免顯得愚癡，做事情易流於事倍功半，無法一次到位，徒費了許多資源。

宋《宣驗記》／劉義慶

鸚鵡救火

有鸚鵡飛集他山，山中禽獸輒相愛重。鸚鵡自念雖樂，不可久也，便去。後數月，山中大火。鸚鵡遙見，便入水沾羽，飛而灑之。天神言：「汝雖有志意，何足云也！」對曰：「雖知不能救，然嘗僑是山，禽獸行善，皆爲兄弟，不忍見耳。」天神嘉感，即爲滅火。

釋義

有隻鸚鵡從別處飛來這座山，山上的飛禽走獸都對牠很友善，鸚鵡在這裡的日子過得相當舒適自在。但此處雖好，卻非久留之地，鸚鵡終究離開了這些為牠帶來歡樂的好夥伴，飛到別處去了。不久，這座山發生了火災，火焰高聳入天，鸚鵡在遠處看見後，將身子鑽進水裡，要用羽毛上的水珠澆滅大火。天神不解鸚鵡這種行徑，鸚鵡回答：「我也知道自己這點小力救不了火，但我曾在這座山上住過，山裡的動物們都待我如兄弟，我實在不忍心見牠們面臨這場大火，只好盡我所能來幫助牠們！」天神被鸚鵡的話所感動，於是把大火滅了。

錦囊小語

眞正的友誼之所以動人，是因爲心思很純粹。不爲什麼，只是單純地想幫助朋友而已，人生路上有這樣的朋友必能裨益良多。

識途老馬

先秦《韓非子》／韓非

管仲、隰朋從桓公伐孤竹，春往冬反，迷惑失道，管仲曰：「老馬之智可用也。」乃放老馬而隨之，遂得道。行山中，無水，隰朋曰：「蟻冬居山之陽，夏居山之陰，蟻壤一寸而仞有水。」乃掘地，遂得水。以管仲之聖，而隰朋之智，至其所不知，不難師於老馬與蟻。今人不知以其愚心而師聖人之智，不亦過乎？

釋義

管仲、隰（讀作「息」）朋跟隨齊桓公四處征討，冬季班師回國途中，大軍在荒野裡迷失了方向。管仲說：「不妨利用老馬識路的本領，讓牠在前面領路。」隨著老馬的足跡，大軍走出了荒原，返回原本的路線。又有一次，軍隊在群山中找不到泉水而十分口渴，隰朋提議：「從蟻窩旁邊往下挖掘，挖不了多深，就會有汩汩不絕的泉水湧現而出。」軍隊因而解決了乾渴之苦，得以全師而返。有智慧的人對於自己不懂的事，絲毫不認為以馬、以蟻為師是可恥的。反倒是沒有智慧的人不知以聖人的智慧為師，這不是笨到極點了嗎？

錦囊小語

在日常生活中懂得師法自然，懂得借重前人的經驗智慧，不僅可順利解決難題，更是謙卑虛懷的展現。

螳螂抵臂

漢《韓詩外傳》／韓嬰

齊莊公出獵，有螳螂舉足將搏其輪，問其御曰：「此何蟲也？」御曰：「此是螳螂也。其爲蟲，知進而知退，不量力而輕就敵。」

釋義

齊莊公出遊，路上見到一隻小小的螳螂伸出前臂，毫不猶豫地準備和他所乘坐的大車車輪相抗，不禁感到非常驚訝。車夫對莊公說：「這種蟲子凡是看到對手，向來只知伸出自己的前臂抵擋他人的進攻，從不知自己的實力有多少，所以常常被壓死。」

錦囊小語

不自量力，就會做出超出自己能力範圍的事。如螳螂抵臂，只能說是愚勇之舉，最終連命都賠上了也不是不可能。

先秦《韓非子》／韓非

鄭人買履

鄭人有且置履者，先自度而置之其坐，至之市而忘操之，已得履，乃曰：「吾忘持度。」反歸取之。及反，市罷，遂不得履。人曰：「何不試之以足？」曰：「寧信度，無自信也。」

釋義

有個鄭國人在集市上買鞋，挑好款式、正準備買下之時，突然發現自己在家中事先量好腳的尺碼忘了帶，連忙放下鞋奔回家。待他氣喘吁吁地返回時，市集已經散了，而沒能買到鞋，只好垂頭喪氣地走回家。鄰居問他為何不在市集上用自己的腳試一試就好了？鄭國人理直氣壯地說：「我寧可相信事先量好的尺寸，也不相信自己的腳。」

錦囊小語

愚蠢的人往往理直氣壯地說著自己的理由，其冥頑固執的態度著實令人啼笑皆非。做事不懂得變通將會浪費許多氣力，導致事情一再出紕漏而無法達成。

先秦《孟子》／孟軻

揠苗助長

宋人有閔其苗之不長而揠之者，茫茫然歸，謂其人曰：「今日病矣，予助苗長矣。」其子趨而往視之，苗則槁矣。

釋義

宋國有個人整天為自己所種的稻子煩惱，禾苗長得太慢，他怕影響到收成。為了使自己田裡的禾苗長快一點，於是想出辦法將田裡的稻子一棵棵拔高。幾天後，他將田裡所有的稻子都拔高後，對家人說：「我今天終於讓田裡所有的稻子都長高了好幾寸！這幾天可真是累壞我了。」家人一聽，趕緊跑到田裡察看，結果發現一大半以上的禾苗都已枯黃死掉。

錦囊小語

自然環境有其規律與法則，施加人爲造作予以改變，絕非好事。孩童的教育也是一樣，與其加諸過多負荷與期望，不如讓孩子們自然快樂成長爲好。

先秦《戰國策》

畫蛇添足

楚有祠者，賜其舍人卮酒。舍人相謂曰：「數人飲之不足，一人飲之有餘。請畫地爲蛇，先成者飲酒。」一人蛇先成，引酒且飲之，乃左手持卮，右手畫蛇曰：「吾能爲之足。」未成，一人之蛇成，奪其卮曰：「蛇固無足，子安能爲之足？」遂飲其酒。爲蛇足者，終亡其酒。

釋義

楚國有個貴族，在祭祀過後給了幾個人一壺酒。人多酒少，他們便以一壺酒做為賭注，規定誰先畫出一條蛇，誰就能得到這壺酒。其中有個人最先畫成，就先拿了酒來喝，看著別人都還沒畫好，便左手持酒壺，右手繼續畫道：「我還能替這蛇添上幾隻腳呢！」一蛇腳還沒畫完，另一個已經畫好蛇的人，便從他手中搶去那酒，邊喝邊說：「蛇本來是沒有腳的，你怎能給蛇畫上腳呢？」

錦囊小語

蛇本來就沒有腳，爲蛇添足之人簡直就是無中生有，多此一舉。生活中許多事都需拿捏分寸，多做些或少做些，沒有標準答案，應視情況而爲之。

先秦《韓非子》／韓非

畫鬼最易

客有爲齊王畫者，齊王問曰：「畫孰最難者？」曰：「犬馬最難。」孰最易者？曰：「鬼魅最易。夫犬馬，人所知也，旦暮罄於前，不可類之，故難。鬼魅，無形者，不罄於前，故易之也。」

釋義

齊王向那位替自己畫像的畫師問道：「什麼東西最容易畫，什麼東西最難畫？」畫師告訴齊王：「狗和馬最難畫，因為這二種動物是日常生活中最常接觸的，要畫得讓客人滿意並不容易。而畫鬼最容易了，畢竟誰也沒真正見過妖魔，只要將人的各種醜陋和缺陷都參雜在一起，說畫是妖怪，旁人也無話可說。」

錦囊小語

有形的物件比較容易描繪，容易掌握嗎？其實不見得。那麼無形的概念呢，可難亦可易。說穿了，絕少有事情是容易的，輕鬆辦到的背後不知積累了多少功夫。

先秦《戰國策》

曾參殺人

昔者曾子處費。費人有與曾子同名族者而　殺人。人告曾子母曰：「曾參殺人！」曾子之母曰：「吾子不殺人！」織自若。有頃焉，人又曰：「曾參殺人。」其母尚織自若也。頃之，一人又告之曰：「曾參殺人！」其母懼，投杼踰牆而走。

釋義

曾參的母親和兒子一塊兒住在費地。一天，曾母正在織布，有人跑來跟她說曾參殺人了，要她趕快逃走以免受牽累；曾母非常瞭解自己的兒子，根本不相信曾參會殺人。過了一會兒，又有人跑來告知同樣的消息，曾母依然不為所動，還是照常織布。但當第三個人也來說同樣的話時，曾母開始害怕了起來，趕緊扔下手中織布的梭子想逃出去，正巧碰到從外頭回來的曾參。曾參告訴母親，那是鄉里間一個同名同姓的人，母親也就返回了家中。

錦囊小語

謊言一旦一直被重複，到最後就會變成真的。這則故事到最後，連曾參自己的母親都不相信兒子了，可見謊言之可怕。在生活中，我們應懂得加以思考分辨才是。

野人獻曝

先秦《列子》／列禦寇

昔者宋國有田夫，常衣縕黂，僅以過冬；暨春東作，自曝於日，不知天下之有廣廈隩室，綿纊狐貉，顧謂其妻曰：「負日之暄，人莫知者，以獻吾君，將有重賞。」

釋義

宋國有位農民家境貧窮，生活極為清苦，全靠一件破麻衣抵禦冬天的嚴寒。春天來了，農夫在田裡耕地，累了坐在田邊休息，覺得太陽十分暖和，可比身上穿的這件破舊麻衣舒服多了。農夫並不知道人間有寬廣舒適的房屋可以居住，也不清楚有棉襖與皮衣可以保暖，而為自己這新發現激動不已，興奮地對妻子說：「我一定要把這個祕密獻給國王，國王為表彰我的貢獻，一定會給我很多賞賜的。」

錦囊小語

儘管農夫因見識短淺而鬧了個笑話，但我們也毋須太嘲笑他。畢竟送禮時心意最重要，無論東西價値爲何，只要存著一份與人分享的善意心情，貴不貴重反倒是其次。

涸轍之鮒

先秦《莊子》／莊周

莊周家貧，故往貸粟於監河侯。監河侯曰：「諾！我將得邑金，將貸子三百金，可乎？」莊周忿然作色，曰：「周昨來，有中道而呼者。周顧視車轍中，有鮒魚焉。周問之曰：『鮒魚，來！子何爲者邪？』對曰：『我東海之波臣也。君豈有斗升之水，而活我哉？』周曰：『諾！我且南游吳越之王，激西江之水而迎子，可乎？』鮒魚忿然作色，曰：『吾失我常，與我無所處；吾得斗升之水然活耳，君乃言此，曾不如早索我於枯魚之肆！』」

釋義

莊周向監河侯借糧，監河侯說：「可以啊，但要等到年終收了租稅，那時我可以借你三百斤。」莊周便回答：「昨天我在路上碰見一條鯽魚，牠求我給牠一瓢水活命。我答應牠，可以到南方把西江的水引來救牠。」鯽魚便生氣地說：「我離開和我性命相依的水都快死了，現在只需要一瓢水就可以救活我，而你卻要到千里之外引西江的水。等你回來後，乾脆到魚鋪上找我好了。」

錦囊小語

助人要及時，人們最需要的不是錦上添花，而是雪中送炭。朋友有難，適時給予幫助，這才是眞正的朋友。

探淵得珠

先秦《莊子》／莊周

河上有貧恃緯蕭而食者，其子沒於淵，得千金之珠，其父謂其子曰：「取石來鍛之！夫千金之珠，必在九重之淵，而驪龍頷下，子能得珠者，必遭其睡也。使驪龍而寤，子尚奚微之有哉！」

釋義

有個住在河邊的人家境貧困，只能依靠編織蒿簾糊口。有一天，他的兒子在深淵中潛水，找到一顆價值千金的寶珠，但他卻對兒子說：「快去拿塊石頭把它砸碎！這價值千金的寶珠，一定是在深淵中黑龍的旁邊。你能夠拿到這顆寶珠，肯定是黑龍正在睡覺，要是黑龍還醒著，你這條小命還在嗎？」

錦囊小語

憑藉僥倖而得到的事物寧可不要，還是腳踏實地憑實力爲好，並等待東風時運推自己一把。

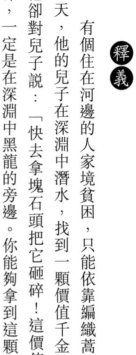

國家圖書館出版品預行編目資料

中國寓言的智慧／石良德編著
—— 三版. —— 臺中市：好讀, 2013.12
面：　公分，——（寓言唐；2）

ISBN 978-986-178-303-1（平裝）

856.8　　102020011

好讀出版

寓言堂02
中國寓言的智慧

編　　著／石良德
總 編 輯／鄧茵茵
文字編輯／莊銘桓、簡伊婕
美術編輯／黃寶慧、鄭年亨
內頁插圖／紀朝順
行銷企畫／劉恩綺
發 行 所／好讀出版有限公司
臺中市407西屯區何厝里19鄰大有街13號
TEL:04-23157795　FAX:04-23144188
http://howdo.morningstar.com.tw
（如對本書編輯或內容有意見，請來電或上網告訴我們）
法律顧問／陳思成律師

戶名：知己圖書股份有限公司
劃撥帳號：15060393
服務專線：04-23595819轉230
傳真專線：04-23597123
E-mail:service@morningstar.com.tw
如需詳細出版書目、訂書，歡迎洽詢
晨星網路書店 http://www.morningstar.com.tw

印　　刷／上好印刷股份有限公司 TEL:04-23150280
三　　版／西元2013年12月
三版二刷／西元2017年5月
定價：250元
特價：139元
如有破損或裝訂錯誤，請寄回臺中市407工業區30路1號更換（好讀倉儲部收）

Published by How Do Publishing Co. LTD.
2015 Printed in Taiwan
ISBN 978-986-178-303-1

讀者回函

只要寄回本回函，就能不定時收到晨星出版集團最新電子報及相關優惠活動訊息，並有機會參加抽獎，獲得贈書。因此有電子信箱的讀者，千萬別吝於寫上你的信箱地址

書名：**中國寓言的智慧（附精緻插圖）**

姓名：________________ 性別：□男 □女 生日：____ 年 ____ 月 ____ 日

教育程度：____________________________

職業：□學生 □教師 □一般職員 □企業主管

□家庭主婦 □自由業 □醫護 □軍警 □其他 ______________

電子郵件信箱（e-mail）：________________________ 電話：________________

聯絡地址：□□□ ____

你怎麼發現這本書的？

□書店 □網路書店（哪一個？）__________________ □朋友推薦 □學校選書

□報章雜誌報導 □其他 ____

買這本書的原因是：____

□內容題材深得我心 □價格便宜 □面與內頁設計很優 □其他 ____________

你對這本書還有其他意見嗎？請通通告訴我們：

____

你買過幾本好讀的書？（不包括現在這一本）

□沒買過 □1～5本 □6～10本 □11～20本 □太多了

你希望能如何得到更多好讀的出版訊息？

□常寄電子報 □網站常常更新 □常在報章雜誌上看到好讀新書消息

□我有更棒的想法 ____

最後請推薦五個閱讀同好的姓名與E-mail，讓他們也能收到好讀的近期書訊：

1. ____
2. ____
3. ____
4. ____
5. ____

我們確實接收到你對好讀的心意了，再次感謝你抽空填寫這份回函

請有空時上網或來信與我們交換意見，好讀出版有限公司編輯部同仁感謝你！

好讀的部落格：http://howdo.morningstar.com.tw/

好讀的臉書粉絲團：http://www.facebook.com/howdobooks

請填妥後對折黏貼，直接投郵即可，無須貼郵票。

廣告回函
臺灣中區郵政管理局
登記證第3877號
免貼郵票

好讀出版有限公司　編輯部收

407 台中市西屯區何厝里大有街13號

電話：04-23157795-6　傳眞：04-23144188

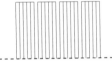

沿虛線對折

購買好讀出版書籍的方法：

一、先請你上晨星網路書店http://www.morningstar.com.tw檢索書目或直接在網上購買

二、以郵政劃撥購書：帳號15060393 戶名：知己圖書股份有限公司並在通信欄中註明你想買的書名與數量

三、大量訂購者可直接以客服專線洽詢，有專人爲您服務：

客服專線：04-23595819轉230 傳眞：04-23597123

四、客服信箱：service@morningstar.com.tw

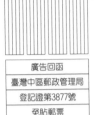